允许自己枯萎几天，
而后长出新芽

闫晓雨 著

长江出版社
CHANGJIANG PRESS

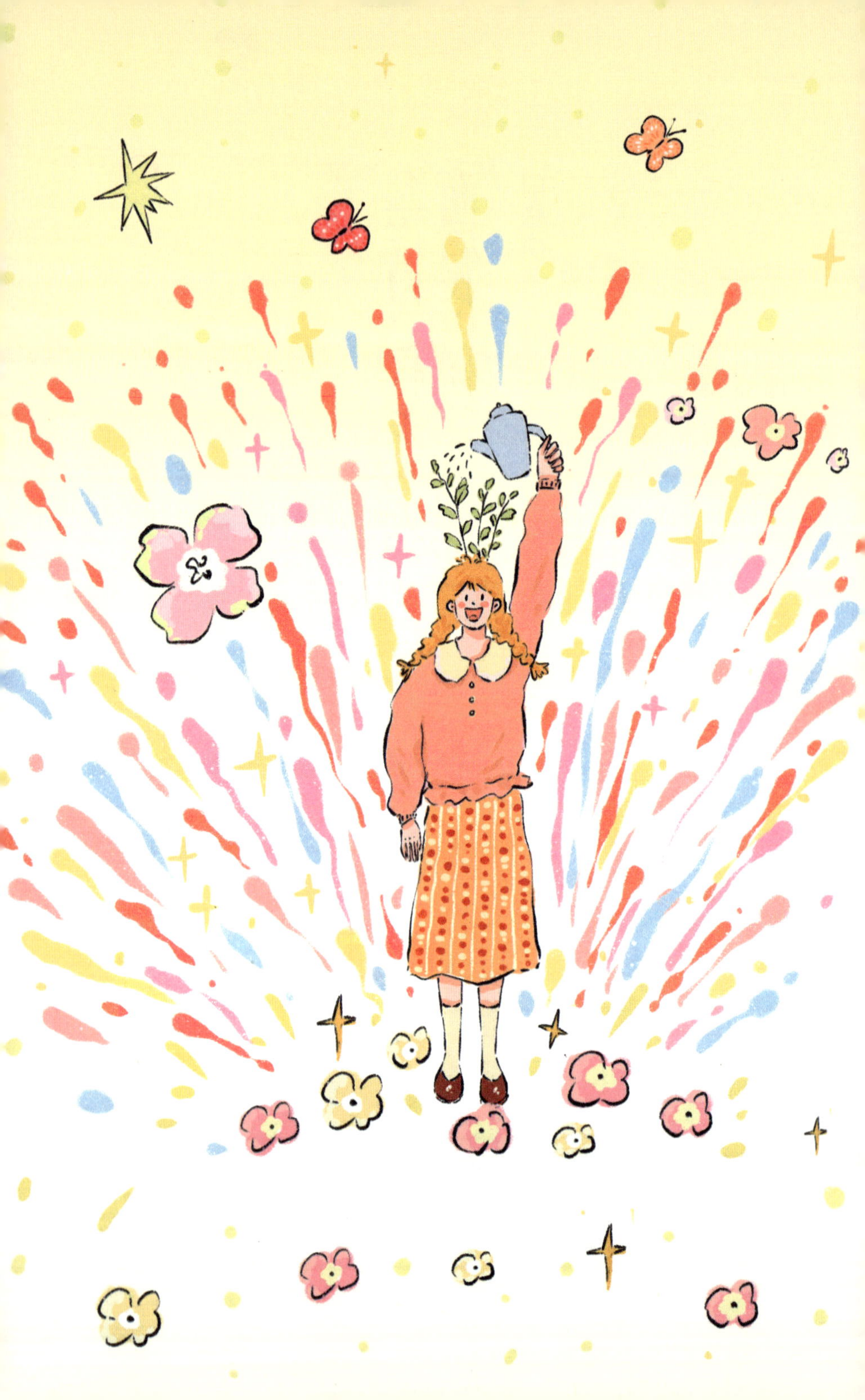

遭遇低谷期，被负面情绪包围时，
不妨试着把自己当作一株植物，
允许自己枯萎几天，
躺平，发呆，晒太阳，
吸收养分，清理枯枝烂叶，
在生活的点滴中重拾力量和勇气，
让藏在内心深处的自己萌发新芽。

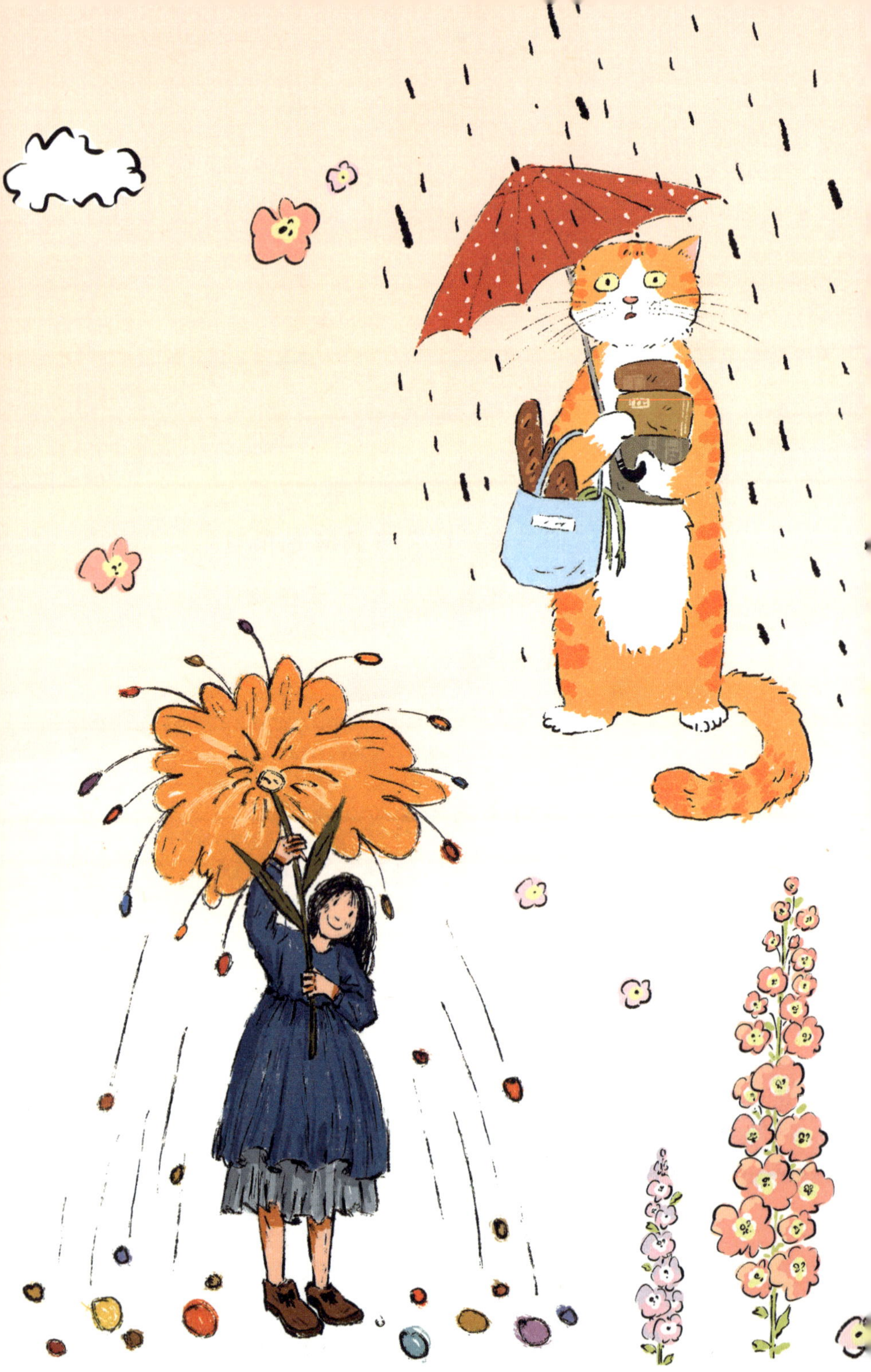

没关系的，
大人也会犯错，大人也会爱错人，
大人也会走在上班路上突然崩溃，
没有人能毫发无损地长大。
乌云破碎才会降雨，
晚霞逝去才有星空，
我愿用长期主义的心态，
去迎接生命中每一场风雨和恩遇。

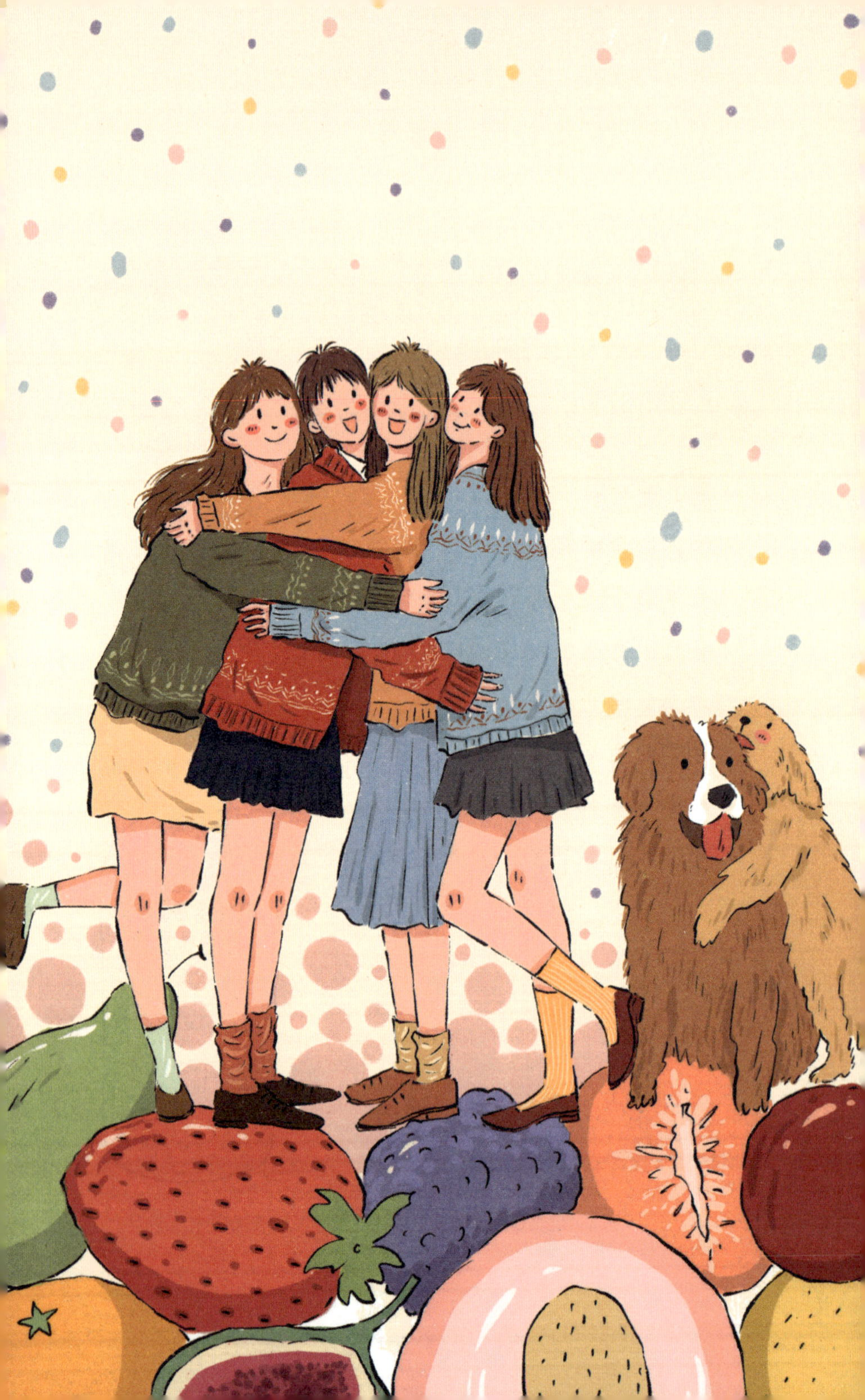

橘子不是唯一的水果，

就如人生没有唯一的答案。

你可以朝九晚五，也可以浪迹天涯；

你可以结婚生子，也可以独享年华。

不要美化你没走的那条路，

更不要把时间浪费给焦虑而错过眼前的风景。

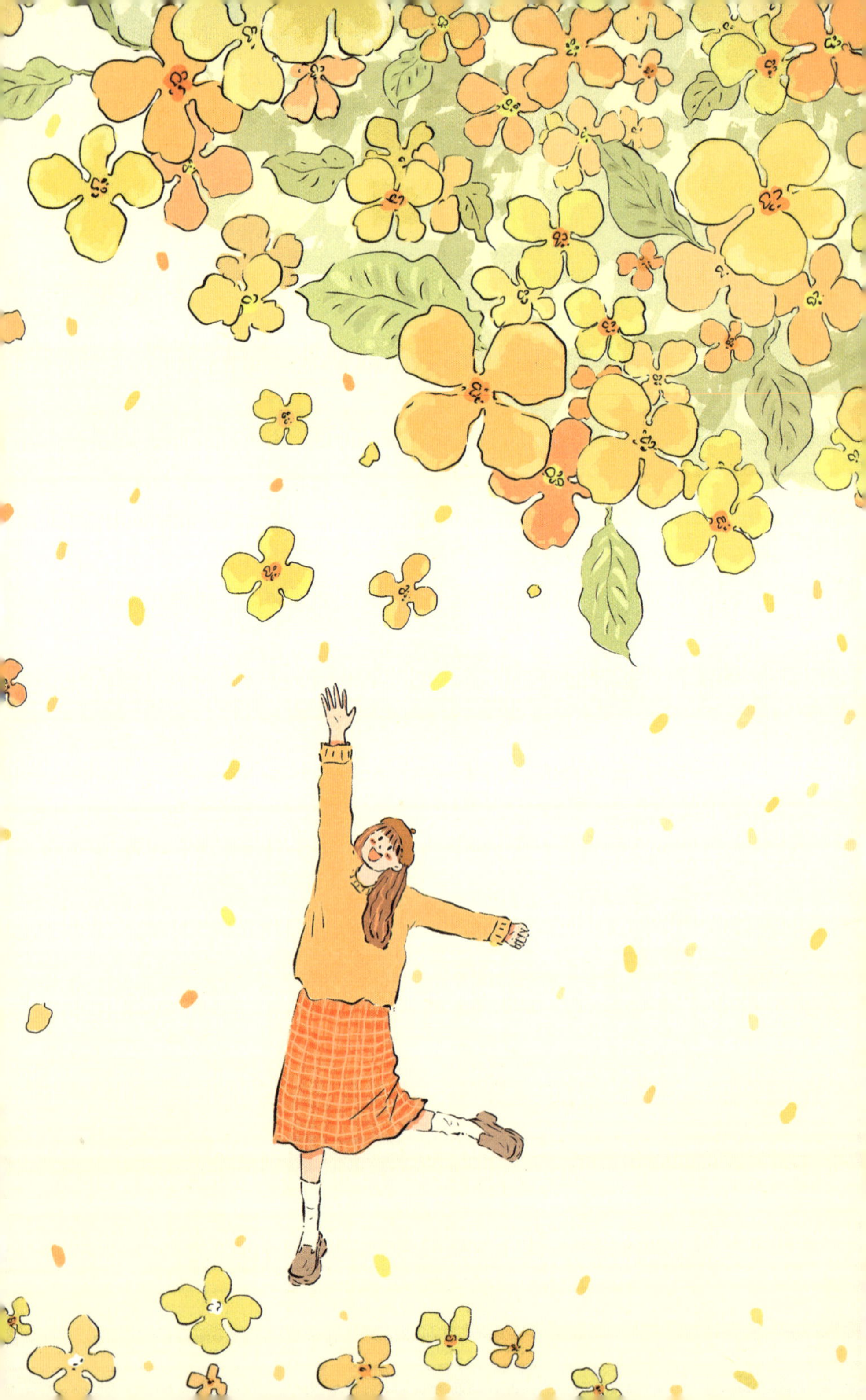

不必祝她开花，不必祝她漂亮，

不必把爱和美放在第一位。

祝她勇敢、沸腾、无畏前行，

在这不完美的世界里手舞足蹈。

尽兴就好。

祝她在世俗的雨里，成为自己。

目录

CONTENTS

自序
允许自己枯萎几天,而后长出新芽　　001

01 停下来,等一等自己

如果生活让你喘不过气,
不妨停下来,给自己一点时间,
把肩上的负担卸下,让自己充分休整。
去见喜欢的人,去吃喜欢的美食,去看喜欢的风景,
等一等自己,再去重新开始自己喜欢的人生。

没有工作的这一年　　010
学历不高的年轻人,有什么新出路　　019
慢慢来,命运偏爱笨小孩　　027
若是月亮还没来,希望就在云后面　　035
打破"文科焦虑":人生不止一个维度　　043
你的拖延不是懒,而是因为不喜欢　　052

02 万物和你都很可爱

糟糕的是天气，是生活，而不是你。
无论何时，一定记得爱自己。
爱你奔腾灿烂的生命，
爱你澄澈发光的灵魂，
你的存在本身就是绝对的美好。

万物都在治愈你，先别急着欺负自己	062
让你的迷茫期，成为人生的蓄力期	068
我值得一个更大的梦想，即使它失败了	074
允许自己普通，但一定要足够可爱	083
我要和喜欢的一切在一起	088

03 在心里种花，人生才不会荒芜

每个人的心里都有一个小花园，
种下什么样的花，就会结出什么样的果。
在心里种下快乐、喜悦和勇气之花，
收获一个生机勃勃的自己。

人生就是，急也没用	096
职场不需要"好学生"	102
你不必完美，你只需要好好体验这世界	110
你不快乐，是因为总在对比	117
我们出走一生，只为与自己团圆	122

04 开不开花，我都是我

不是所有的20岁都要闪闪发光，
不是所有的30岁都要活得明白，
别被外界定义，勇敢做自己。
这世界你只来一次，
轮不到别人说三道四。

抱抱职场中的"她们"	134
这世界你只来一次，尽兴点吧	143
人生漫长，你不必慌张	150
植物与阳光，是去除"班味"的秘方	157
成功的路有很多，愿你不被定义，一路高歌	163

05 带着一腔孤勇成为自己

任性是年轻人最好的权利，
我们都需要一种勇气，
不是必胜的勇气，
而是失败了也没关系的勇气，
我是我自己的靠山。

勇敢的人先享受世界	174
永远年轻，但不能永远赤手空拳	179
在三线小城，除了考公务员还能做什么	186
万事顺遂的法则：减少期待，戒掉敏感与自卑	193
心态是最好的风水	199
愿你做快乐的美猴王，而非耀眼的齐天大圣	206

/ 自序 /
允许自己枯萎几天，
而后长出新芽 ▶▶

我的人生就是我的人生。
我可以是玫瑰，也可以是雏菊，
还可以是带刺的仙人掌和快乐的狗尾巴草，
开不开花，我都是"我"。

一

我坐在海盗船上，双手张开，大声尖叫。

这是来自此刻的"我"对十年前自己的一次回应——

我在北纬41度内蒙古的草原上，于夜幕中登上一辆闪着霓虹灯的海盗船，周围都是小孩，快30岁的我坐在他们中间，并不觉得突兀。

在这个一本正经的世界里，我常常存着游戏的心态。

当夏夜晚风吹过，故乡的月亮高高悬挂于天际，我想起中学时代甚至更早时候的自己。

我生活在小镇，小镇没有什么娱乐设施，我从没去过少年宫，也没进过图书馆，就连游乐场，我们当地都少得可怜。

对我来说，每年最大的期盼就是我们四子王旗举办"盛夏交流会"。

这是一种特殊形式的集市贸易，将马戏团、夜市、射击场、服装摊儿、游乐设施、民间舞蹈等多种项目糅杂在一起，是全民盛宴。

通常一年才举办一次，而年少的我，最喜欢凑热闹，每次都要来这里玩儿海盗船。

我喜欢那种轻微的眩晕和令人着迷的失控感，把心吊到嗓子眼儿，再缓缓落下，难得的尖叫声无比解压。

那时的我，没出过远门，以为全世界的天空都和内蒙古一样蓝，蓝得透亮又蓝得无聊。日子像永远打不完的点滴瓶，将人困在时间的床上，动弹不得。

当时的我坐在海盗船上内心不断涌起的想法就是：

飞出去吧，飞得越远越好。

我才不要做草原的格桑花，我想做一只蝴蝶，花花世界，任我采撷，拥有对世界绝对的主动权。

这也和我后来提倡并实践的"体验派人生"如出一辙，我好像在比较小的年纪就触碰到了成长的真相：

我们只是生命的旅人，不是主人。

我漫无目的地走在旅途中，不再执着于抓住什么，只是静静感受、经历和体验，像个拾荒者一样，把沿途的灵魂碎片都收拢起来。

当我和好友佳佳、W小姐无意中路过故乡的远郊，发现阔别许久的"交流会"像新大陆一样出现在眼前，我抓着她们两个的手就扎入人堆。

从套圈玩到打枪，又开着碰碰车一路撞，撞出心花怒放，而后在促销的喧闹声中被发光的海盗船吸引，我一个人坐了两次，达到顶点时，我一边尖叫一边在心里对青春期的自己说：嘿，你瞧，我做到了。

我真的变成了一只蝴蝶，自由自在。

二

每一次出书我都会感谢很多人。

这次也是，我一路波折走到这里，衷心感谢我的编辑，感谢支持我的读者朋友，感谢插画师葱葱，感谢这本书的每一个幕后工作人员，感谢书中那些有趣的主人公。

不过有一个人，我从来都没有公开感谢过她。

我想感谢的这个人，她其实很胆小、敏感，并不算是一个很有自信的人，放在人群中，毫不起眼。

但恰恰是她在十年前做了一个很重要的决定，我才会踏上写作之路，才会走出小镇，才能不断探索、游历，走进并参与更广阔的世界。

她告诉我：

亲爱的小孩，考学、找工作、站在更大的舞台，这些都很重要，但最重要的是，你要活得快乐。

她无数次给我勇气，在深夜里拥抱哭泣的我，陪伴我度过灰暗的时光，是她让我觉得原来人真能活成自己喜欢的样子。

她什么都没有，可她从来不胆怯，带着一腔孤勇，带着我，走到这里。

这个人，就是十年前的我。

她把我从叫乌兰花的小镇带到闪闪发光的"帝都"，站在西单图书大厦的演讲台上；她把我从九平方米合租屋里带到全国各地，用旅居的方式，时而坐在洱海边，时而穿梭在玉林路的小酒馆；她把我从一个皱巴巴的小女孩，养成了一个舒展、有力量的成年女性；她让我知道，真诚而有爱地付出，会得到一切。

你瞧，一切都有脉络可寻，从一种空洞原始的迷惘到逐渐生长出有棱角的清晰轮廓——我，是我自己雕刻出来最好的作品。

湿热的盛夏，我独自从热风中走来，拐进一条染满喧嚣的小径，桌上的文稿起了褶皱，时间在我身上的烙印逐渐挥发，变成一幅绚烂的图腾。

生活在变，观念在变，我选择对自己的笔诚实，记录此刻的自己，也记录我正在经历的时代。

某种程度上，我们所有人都是一体的，故事中的任意主人公都是我们"自己"，除了你，没人能代替你踏上这条生命之路。

与其在意路最终通往哪里，不如交换看看彼此眼中的风景。

我们互相聆听，但不需要完全理解；我们各自勇敢，在不同的年纪，以不同的样子拥抱这世界。

这本书的话题聚焦在当代青年中真实存在的情况：

人生迷茫期、文科焦虑、大厂"内卷"、情感内耗、女性成长、"热爱变现"、下班后的副业探索、小镇青年的新出路、失业潮下的青年现状、学历不高的年轻人也能走出"花路"……以及人们更为广阔而共性的课题：如何在主流价值与个人价值中找到一个平衡点——不是成为更好的自己，而是更好地做自己。

我希望通过这本书，与更多年轻的朋友分享：在不确定的日子里，我们要成为确定的自己。

三

从 20 岁到接近而立之年，这是我的第七本书。

说来惭愧，第七本书了，我还是一个挣扎在文学隙缝中的"小透明"。

也许直到离开世界那天,也仍然是个"小透明"。

嘿,别误会,说这句话的时候,我的心情是很轻快的。

我很早就意识到,我们尽全部努力,不过是完成了普通的生活。

我爱我的普通,也爱我的笨拙。

十年来我换了几份工作,辗转过不同城市,和一些人相爱又分别,我的眼睛始终不曾离开具体的生活。

我的写作注意力始终围绕着个人成长与青年文化这两大部分。甚至,我自己就是自己的实验对象。

我从小就是一个喜欢听故事的人,慢慢长大,变成了讲故事的人。

我在想,人有没有可能靠热爱养活自己?于是我裸辞写书,成为一名全职作者。

我把自己全部的想象和思考,都注入这场大型实验,一边四处游荡写作,一边做读书会,走进真实的人群里。

我开始对人性多了一些"灰度"的理解,看到的人生样本越多,越清楚自己想成为什么样子。

在很长时间里,我的灵魂是自由的,时间却总是不由自己做主,但这一次,我要发呆、晒太阳、在蓝天下尽情奔跑,用尽一切方式夺回生活的主动权。

我不再被职场规则所束缚,决心回归生活,重构内心秩序;我不再被社交媒体上的言论所影响,不和任何人比较;我可以热烈燃烧如烟花,也可以静静仰头做个看烟花的人。

我深知,所有宇宙的孩子,都是"人生"这本书的创作者。

一旦人格独立,就没什么能阻挡你。

我不再把自己放在一个"客体"的被动位置,不再等待、不再观望、不再期待任何人来拯救迷茫期的自己，而是主动去争取自己喜欢的一切。

争取不到也没关系，带着兴致勃勃的玩家心态前行，输了大不了再来一局。

允许自己犯错，允许自己不快乐，允许自己枯萎几天，而后长出新芽。

四

我的第一件奢侈品，不是名牌包包，而是爱自己的能力。我希望通过这本书，可以让更多朋友看到生活不一样的可能性。

现代人总是感觉"箭在弦上"，事实上，人生不是射靶游戏，而是一场巨大的海盗船游戏，你在这头，生活在那头，找到一个平衡就可以，尽兴体验，不论输赢。

重要的是在这艘海盗船上，我们起起伏伏，到达巅峰的高度背后是心惊胆战，充满安全的波段却又略显无聊，这就是真实的人生呀！

哲学家叔本华早就揭示：人生实如钟摆，在痛苦与倦怠之间徘徊。

我们实在无须艳羡任何一个人的生活，好好把握当下才是要紧事。

学习节制且保有自己的力量，在细微的探索中慢慢找到你自己的节奏。

也许所有人都劝你去做正确的事，可你要知道，谁又知道"正确的事"长什么样子？

那些过来人的话，只是干扰的"弹幕"。

关掉外界的声音，专心享受你自己的人生电影吧。

你不必着急长成面面俱到的大人，所有瑕疵和漏洞，都是为了让属于你的那一束光照进来。

最后，我想分享一段在写这本书的过程中，某个深夜，我在备忘录里写给自己的话：

我深知自己是一朵难养的花，
敏感、拧巴，不够舒展，
但仍会选择朝生活的表象土壤深深扎下去，
在暗淡无光的日子里，
默默蛰伏，长出新芽。
此刻的我比任何人都更爱自己，
爱自己的明媚，也能拥抱自己的破碎。

我不再焦虑如何生长，在四下无人的寂静里，我把自己当作一株植物重新养育，我相信，每个人都会顺应着天时地利，在真实的经历中长出自己的规律。

如果你能理解一朵花的春夏秋冬，就能理解一个生命的全然完成。

愿你带着本色前行——不被定义，永远纯真。

闫晓雨
2024·北京·初秋

01
停下来,等一等自己

如果生活让你喘不过气,
不妨停下来,给自己一点时间,
把肩上的负担卸下,让自己充分休整。
去见喜欢的人,去吃喜欢的美食,去看喜欢的风景,
等一等自己,再去重新开始自己喜欢的人生。

没有工作的这一年 ▶▶ ▶

在夏夜的"颠簸"里,
我看见街边失意的年轻人对着月亮唱歌,
而后走进生活,重新拿起工牌回复着:"好的。"

一

我是在三元桥的一家咖啡馆见到闪闪的,她扎了个马尾,点了杯美式。

我进去的时候她还在接电话,清脆有力的声音在挂掉电话那一刻突然松弛下来,轻叹一口气,抬头对我说:"不好意思呀晓雨,我刚接到一个人事专员电话,在约这周的面试时间。"她将手机收起来,塞到帆布包里。

我们只有一个半小时的采访时间,因为她下午还有两家面试,要坐地铁赶去海淀。

眼前的女孩将身子缩进了沙发里,脸色看起来发白,外头的日头正盛,早春的底商却渗着凉意,我担心她不舒服起身去前台要了杯热水,等我回到座位上,发现她已经靠着墙睡着了。眉头皱着,嘴角却像在笑。

那一瞬间，我有点恍惚，觉得眼前的女孩就是我，是北京随处可见的普通年轻人，是你在公司电梯里擦肩而过的同事，是你早上出门时还在洗手间洗漱的合租室友，是地铁站里我们从来不会在意却从身边呼啸而过的"城市孤舞者"。

闪闪睡得很浅，醒来看到桌上的热水，对我说了声"谢谢"。

"我今天来'大姨妈'了，肚子疼，加上一天跑三个面试，昨晚还熬夜做设计作品来着，实在是太累了，眯了一会儿。"

这一年来，失业的闪闪常处在这种忙碌的状态里。

28岁，这该死的职场尴尬期，比起刚毕业时的豪情壮志，我们体会到更多的是普通人的无奈。

有人风生水起，有人理想萎靡；有人依旧振臂高呼，有人已被现实打趴下；有人上一秒还在CBD落地窗前高谈阔论，下一秒就被塞进地铁的逼仄车厢，失去了所有的表达欲。

不知道从什么时候开始，闪闪逐渐从一个爱笑、爱分享的女孩变得越来越沉默。

她现在的朋友圈"仅三天可见"。

在失业这一年多的时间里她很少出门社交，几乎推掉了一切聚会和活动。

她依然对这世界热忱，却不再关心热点八卦新闻。

闪闪给我打开了她的手机备忘录，里面密密麻麻，记录了她的"失业日记"。

十二月九日，领导突然说找我谈话，我和平常一样走进会议室，挨着她坐下，她却下意识起身，坐到我对面，开始讲公司的无奈与部门缩减，可明明上周她还夸我工作效率高，是难得合拍的搭档。我看着她的嘴巴张张合合，脑袋里却空空的。

十二月二十日，我正式办完离职手续，离开这个待了三年的地方。走出大门那一刻，楼下的保安叔叔习惯性和我打招呼，说："路上小心，明天见！"我点点头，心里想，可能我们这辈子不会再见了。

十二月二十四日，张灯结彩的平安夜，我路过三里屯，看着喧闹的人群，耳朵里传来《圣诞结》这首歌，居然有点儿想哭，北京的冬天真冷啊！

……

其实上班这几年，闪闪不是没有经历过"职场空窗期"，也不是没有在工作中受过委屈。

只是那些小挫折都是有预兆的，而这次的"裁员"来得太过突然，以至于闪闪还停留在"要为这份工作再去努力学一些新技能"的美好规划中，对方却干脆利落提出"分手"。

失去一份工作和失恋一样，那种痛楚总叫人后知后觉。

二

这一年春节，闪闪没有选择回老家，她不想让父母担心。原本她打算在过年前努力找到一份工作，但年底招人的岗位本来就少，投了上百份简历，有回应的寥寥无几，索性她决定给自己放一小段假。

她在手机上列了一份"一个人的体验清单"，和所有刚从职场中跳出来的年轻人一样，惆怅的同时，带着一丝丝偷来的窃喜按下生活的暂停键。

在那两个月的时间里，她去什刹海滑冰，穿过细细的烟袋斜街走到鼓楼，路过卖热梨汤和冰糖葫芦的小摊会买一些，给自己来个放假的仪式感；听民谣，站在红墙绿瓦下感受青春的蓬勃和历史的无常；她在家看书、看电影，把收藏夹里"吃灰的纪录片"看了个遍，还去逛了国家博物馆，在夕阳倾泻下来时，有那么一刻，她觉得生活可真美好，如果日子能一直这样过下去，该多好啊！

冬天，是蛰伏的季节。

在年底离职的人会被整个世界无处不在的"快过年了""放松一下"这些柔软的信息泡沫所包裹住，不会直接感受到现实的刺，焦虑来得更晚一些。

很快，人们脱掉羽绒服，返乡又回京的Grace（在一些外企／互联网公司独特文化下的英文名泛指）们再次投入到职场。

地铁上人又多了起来，街道上的柳树开始冒芽，商场和直播间都开始卖春装了。

想去咖啡馆里放空发发呆的闪闪发现自己竟占不到座了，到处都是带着电脑工作的自由职业者、满脸春风洽谈生意的人、约会的年轻情侣、前来慕名打卡拍照的"网红"……全世界的人仿佛都在忙碌。

歇息了几个月的闪闪一下子仿佛被时代抛弃了……她支着脑袋，露出自嘲的笑："感觉好像只有我无所事事，但这座城市，怎么允许年轻人无所事事，你就是走得慢了一点儿都有负罪感。"说到这里，她叹了一口长长的气，"更重要的是，我银行卡里的存款越来越少了。"

这几个月没有进账，但开销却比上班更多了。

闪闪解锁的各种体验中不乏需要"六便士"的存在，而除了吃饭、房租、生活日常开销之外，还有一笔支出——要自己缴社保、医保了。

上班的时候不觉得这有什么，一旦失业，她发现这其实是笔蛮大的支出。

休息了一阵子，感觉"是时候找工作了"的闪闪开始打起十二分精神来投简历，结果都石沉大海。说好的"金三银四"（指每年三月和四月是人才招聘的高峰期）呢？在闪闪看来，这个阶段的企业才是朝三暮四。

"他们的'备胎'实在太多了。"她说。

有好几次，闪闪经历"三面"才走到最终面试环节，却仍被告知："很遗憾……"

在闪闪的失业日记中，她写道：

四月了，北海公园的海棠花又开了，整个城市洋溢着万物复苏的气息，好像只有自己陷在这腐朽的、一潭死水的生活中无法自拔。不记得这是第多少次被拒绝了，我和超市里过期的牛奶、橱窗里臃肿的过季羽绒服一样，都被"尘封"了起来。

我越来越怀疑自己，当初大学毕业选择来北京是正确的选择吗？如果我没有学设计，而是去做新媒体、做理财、做保险，换个行业是不是发展形势会更好？父母三年前就劝我回家考公务员，但我一直不想过那种稳定的温水煮青蛙的生活，可现在，我却好羡慕老家的同学啊！她们看起来是那么惬意。

又是碌碌无为的一天。有时候我看到网上那么多创业的年轻人，也跃跃欲试，说不定是一条新出路呢。可我又能做什么？

闪闪坐在我对面，一脸坦诚。这一年里，有时她会宽慰自己，总会有出路的；有时会陷入极度的悲观情绪里，觉得人活着毫无意义。她把这个问题抛给我："晓雨，你怎么觉得呢？你有没有怀疑过自己？"

当然，某种程度上，我们所有人都在以不同视角经历着这个时代，经历着各自的生命课题。

长大就是一个不断给这世界关掉"美颜滤镜"的过程。真实的生活，真实的工作，真实地感受发生在自己身上的喜怒哀乐。也许生活不够精彩，但心里总是踏实的。

接连遭遇滑铁卢的闪闪，在北京的蝉鸣到来之前，决心要努力提升自己。

既然无法改变外部环境，那我们能做的就只有回到"自我"的出发点，重新审视自己的职业方向，思考自己在一份工作中能够给予别人的价值。

她整理了自己的作品集，把过去几年做过的项目都翻了出来，然后她惊讶地发现，刚毕业时，她的许多作品虽然不够成熟，但灵气蓬勃，而最近两年的设计则越来越流于"模板化"，看起来很精致，内容却越来越空洞。

"在那些作品中，我看不到自己了。"闪闪说这句话的时候，我的心一惊。

这种感觉我太熟悉了，当我们被工作和滚滚红尘推着往前走时，往往容易把初心挤掉。

闪闪还记得自己在找到第一份工作时，拿到公司颁发的"设计师"工牌，有些激动，她真的实现了小时候的梦想，决定要去创造一些什么了。

刚毕业时,她对待每一个作品都像是对待自己的孩子,用心到极致,释放自己全部的创意。

是从什么时候改变的呢?是从那个加班到深夜修改了无数次,最后甲方说"还是原稿吧"那天吗?是在发现自己的设计作品明明得到了用户的好反馈,但领导却视而不见,接着丢来新需求的时候吗?

是在第一次"摸鱼"后发现也没人发现问题时,逐渐陷入对技能的高效追逐,而不再强调创意融入的时候吗?

……

不知道从什么时候开始,闪闪觉得自己不再是"设计师"了,不再以自己的职业为骄傲,别人问她是做什么的,她会说"作图的"。

她内心的骄傲憧憬,就像买到了游乐园门口卖的棉花糖一样,一阵风过来,害怕糖被吹走,索性把自尊和热爱捏成一团,狼吞虎咽塞到了现实的嘴巴里。还是甜的,却多了一股多余的沙尘味。

听到闪闪说这段时,我也不禁会想起自己"裸辞"前的那段时光。我在公司做内容运营,每天整天盯着数据,一旦文章点击量差,就会觉得是自己的写作出了问题。直到我找到所谓的新媒体流量规律,工作看起来变高效了,领导满意了,但只有我自己知道,我身体里有一座玻璃房正在破碎。

如何在自我表达和工作需要中找到一个平衡点,这是每个年轻人在职场中都会遇到的问题。

闪闪在意识到这些以后,没有再和任何人抱怨过,她努力让自己从胡乱海投简历的状态里冷静下来,开始分析自己和什么样的公司更匹配,认真阅读每一个岗位需求,根据不同的公司定制个性化简历。

为了能找到自己心里认为的"好工作",她还去学了新的设计课程。

失业，是最好的知识增长期。因为时间足够富裕，不再手忙脚乱的闪闪索性对自己说："在没找到工作前的每一天，我都不能再浪费时间了。"

工作难找吗？难，但更难的是，找自己。

三

接下来的大半年，闪闪投入充实的学习当中。一边上网课，参加设计训练营，一边继续投简历，其间也拿到过 offer（录取通知书），但想了很久，闪闪还是拒绝了那份工作。

"因为我发现，他们需要的不是我，而只是一个设计师，一个完全听从平台摆布的人，再加上公司做的细分领域我确实不感兴趣，就拒绝了。"

说到这里，闪闪忍不住笑出来："其实在缺钱时，拒绝掉一份薪水还不错的工作，这个决定还挺难的，可我一想到要去那个地方上班，就很痛苦。也许有人会认为，去上班挺好的，这是一个任性的年轻人可以骑驴找马的过渡期，可在我看来，去不合适的地方上班，如同和不喜欢的人结婚一样，对双方都是消耗。何况人在没有一个稳固的自我意识前，是很容易被环境牵着走的。万一我去了，发现真的不喜欢，到时候决定是走是留，又是一个辛苦而痛苦的过程。所以，我为什么不从一开始就找个相对喜欢的工作呢？现在的我，心态放平了，我还是想找一份真正想做的事业。"

到我们见面采访这天，闪闪已经失业一年多了。这一年，她从惊慌失措到强迫自己热爱生活，尽情体验，反复试错，不停地优化与复盘，从那个觉得"被裁是这个世界对她不公平"的情绪失控者成长为一个更擅长独立思考、更愿意花时间提升自我的职场探索家。

我很替她骄傲，即便她此刻还没有找到工作，但她起码找到了自己。

所有的成长都是从摇晃与破裂开始的。

换一个视角来看，迷茫恰恰代表着无限新可能，焦虑同时证明你有能力解决问题，宝藏往往藏在废墟里，起飞的地方往往在郊区。杂乱无章的日子，最适合重建生活的秩序。

有时候我会想，也许我们经历的一切都是为了"遇见自我"。

勤奋的你在养育着懒惰的你，勇敢的你在鼓励着怯懦的你，在职场里打拼的你积累出懂得主动成长的你。

我们甚至不需要和任何人打交道，我们光是和自己相处，就是一个非常有趣的事情，而恰恰是这样不断和自我拉扯的过程，才让我们成为一个丰富而迷人的存在。

我把这些感受分享给闪闪，在分别时，我们给彼此一个大大的拥抱。

看着她招招手的背影走向去面试的地铁，我内心默默说了句"加油"，给她，给我，也给这本书的所有读者，给每一个正在人生修罗场打拼的年轻人。

被裁员没关系，被分手没关系，在年轻的日子里翻滚着，总有一天，这些都让你更清楚"我想成为一个什么样的人"。

或许，你认为最不该出现在人生旅程里的那部分意外，恰恰是多年后回忆起来夺目的真爱。人是在休息的时候变强大的，而人生则因为"意外"才变得格外精彩。

就像她在《失业日记》里写的那样：

28岁的闪闪，尽管此刻的你觉得人生黯淡无光，

但别忘记——

闪闪，本来就是会发光的。

学历不高的年轻人，有什么新出路

亲爱的女孩，
请你千万不要陷入"自证陷阱"，
我们并不是活给别人看的，
你的快乐、充实、成长，永远是第一位的，
迷茫时，别停下，低洼处也能开出花。

亲爱的女孩，我想送给你一份特殊的礼物。

读到这本书时，可能你已经大学毕业了，相信我，你的人生会越来越好，会更开阔、自由、充满光明，我很庆幸自己曾遇到19岁的你，并一步步陪伴你长大。往后的岁月固然光辉，但年轻的、热气腾腾的日子总是无法复刻的孤品。放轻松，好好感受，好好体验，每个阶段的你都很珍贵。

我在你身上能看到一个区别于传统好学生的成长路径，其实成长不取决于知识的广度，而取决于生命力和自信心，在人生这个巨大的"职场"面前，我们都是"自学者"。

明珠不会蒙尘，扯掉自卑这块遮羞布，大胆往前走吧！

如果我们不能公正地看待自己，就永远不可能真正"做自己"，相信自己，有能力的人，一定有机会走得更远。

二

那是三年前一个特别普通的夜晚，盛夏，微风，我还住在青年路的小区，夜里开直播聊阅读写作，一个妹妹在评论区发出"可不可以连麦"的请求，随后我们开始视频通话，镜头那边的女孩举着手机穿过嘈杂拥挤的宿舍，走到阳台，画面摇摇晃晃，头顶掠过一排衣服，她惊讶到张大嘴巴："晓雨姐姐，我们竟然真的可以聊天了！"

操着一口河南话的女孩一出现，就引来评论区大家"好可爱"的评论。

随后她很认真地做自我介绍：小雅，19岁，就读于某护士学院。正在读大二的她对于未来充满迷茫，她说自己并不喜欢目前的专业，高考失利后一度觉得自己的人生掉入了黑洞，看不到光亮，和身边的人也格格不入。

"我的梦想是成为一名传媒人，目前的专业我根本不喜欢。我真的好痛苦啊，却又无力改变。晓雨姐姐，一个大专生将来是不是找不到什么好工作？"

听到这些话，我仿佛看到时光那头的自己。

同样身为小镇姑娘，同样没有高学历，平凡如我们，站在光怪陆离的人生路口，面对社交媒体上摩肩接踵出现的一份份优秀履历，我们的青春好像是灰扑扑的，是踮着脚，仍然会被浪头打湿的"无岛之人"。

小雅说她喜欢阅读、写作、自媒体，而在学校里大家讨论更多的是娱乐八卦和恋爱，她找不到同频成长的朋友，索性变成特立独行的那个人。

每天下课后回到宿舍，坐在自己的桌前开始读书，穿越在书中不同的故事里，和那些主人公交朋友。

她在电脑里写下自己的所思所感，尽管没什么人能看到，但这恰恰是能够帮助她抒发情绪的最佳通道。

"可我还是经常会被泼冷水，大家觉得我写这些有什么用，又不能赚钱，又不能变成大文豪。有时候我也会产生自我怀疑，很想算了，'摆烂'吧。"

我问："那你内心真的这么想吗？"她摇摇头。

我比任何人都理解小雅，一个年轻人，在赤手空拳的贫瘠青春里，手里没有砝码，外界的一点儿风吹草动都容易打击到我们。

可这并不重要。

亲爱的女孩，请你千万不要陷入"自证陷阱"，我们并不是活给别人看的。

你的快乐、充实、成长，永远是第一位的。迷茫时，别停下，低洼处也能开出花。

消解学历自卑的最好方式，未必一定是取得某个证书，而是不断探索，让自己保持在一种丰盈的、充满生命力的积极状态。

有的人先爬到山顶，有拔地而起的壮志豪情；有的人腿脚没那么快，在半山腰处兜兜转转，俯身亲吻一朵花，感受缓缓盛开的生活慢哲学，亦别有风情。

每个人的路径和速度不同，那些走弯路的人，也看到了别人所看不到的风景呀！

三

自从那次直播以后，小雅就开始跟着我学写作。

我还记得第一次看她的文章，有种比较规矩的"作文感"，但她总能敏锐地捕捉到生活细节，能够感受到校园生活里许多常人忽略的隐藏课题，我喜欢她身上的认真与执着，更珍惜这个00后身上那一份勇敢、坚定和"我要去走自己的路"的信念感。

因为热爱，能抵万难。

可千万别小瞧一个年轻人的梦想种子。她不是文学专业，却能够一头扎进书里，拼命汲取知识；她在繁重的学业之余，上了一天的课后，其他同学都躺在床上玩手机了，而她还能点一盏小灯继续码字；文章反响一般，数据不好，她都会带着具体的问题来找我，复盘后继续默默写作。

开始的时候她不知道要写什么，我们就在她这个人身上"挖故事"。

小雅出生在一个普通的农村家庭，爸爸妈妈很爱她，但在那一代人的传统观念里，家长很少会主动鼓励孩子、夸奖孩子，在漫长的甚至无意识的"否定式教育"下，小雅才变得敏感自卑，感觉自己毫无长处，未来一片迷茫。

可在我看来，她是那么宝贵，带着无邪的热情和一鼓作气的生猛，去勇敢敲开了新世界的大门。比如她能够在直播间里主动连麦，说出自己的困惑；比如大一时她利用寒暑假摆摊卖糖水，用赚来的钱去报课学习；比如她没能如愿上传媒专业，也没放弃梦想，而是"曲线救国"，凭着对文字的喜欢，大胆做起读书博主，在无人支持的情况下开通了自媒体账号，进行公开表达；比如她能够挨过无人问津的时光，在没什么正向反馈的情况下仍然坚持写作、复盘……这些都映照本心，能够看得出她是一个有韧劲儿的女孩。

我每一次收到她的文章，认真阅读完都会给出建议。我建议小雅把她写的文章分享给家人看，她笔下那个不善言辞却努力想和孩子们打成一片的父亲、童年记忆、她在大学里的新奇体验……都可以给爱她的人分享。文字，也成了她和这世界沟通的一种方式。父母开始发现，原来女儿有这么多好想法。

从单向输出到双向奔赴，再到能够通过文字赚到稿费，过年时给爸爸妈妈包红包、买礼物，尽管钱不算多，但这是女儿长大的标记。

文字不仅改变了小雅的生活，让她越来越自信，能够去和父母静下心来沟通，原生家庭的遗留问题逐渐也被摊开摆在桌面上，一家人在聊天中，更加理解彼此真实的模样。

她越来越好，有天，我收到她发来的信息：

晓雨姐姐，我好像一点点找到自己了，平凡却不普通的自己。

做自媒体这两年我不仅赚到了一点钱，更重要的是，我的喜欢得到了回应，我的成长轨迹在按照我预期的路线前进，甚至因为写作，我不得不更加自律。

简而言之，写作让我得到了我想要的，甚至超出了我的预期。

看到这些真诚的文字，我想哭。陪伴她的这几年，一块珠玉被打磨得透亮，然后被更多人看到，这是写作的彩蛋、时间的礼物。

而在小雅身上，我们可以看到：你就算不是一个创作天才，也可以发表自己的作品。

你可能没有一个高学历，但也不妨碍你追逐自己的梦想。

成长，重要的不是已知的部分，不是我们的过去，不是一张证书，不是某一次考试，而是你真正打开自己，去和真实生活进行连接的过程。

学历不高的年轻人，当然有适合的新出路。我不想盖棺定论一定是写作，或是自媒体，而是一种思维方式、一种视角，一种困顿思索时愿意尝试去努力探索新事物的勇气。

四

这个故事的后续很有趣，你以为小雅会抛弃自己的护理专业而去做自媒体吗？恰恰相反。

她今年去医院实习了，她说："很神奇，我当时学写作是因为不喜欢这个专业，但真正投入写作后，却也慢慢接受了护士的工作方向。我好像把我的人生之路拓宽了，白天的时候我是一个护理系的实习生，下班回到家我可以做自媒体、接商业稿件，用自己的爱好赚钱，还能把工作中的故事转化为选题和素材。我仿佛拥有了两个人生，写作让我的人生赚翻了。如果未来我有任何一条路不想走了，我的后方依然有退路在支撑着我。这样一看，我的人生好像真的很棒！"

听到她元气满满的声音，很难相信她是那个曾在深夜发来求助信息的女孩，那个一想到未来就很害怕、很焦虑的小雅，她对自己的人生越来越有掌控感了。

我已经很久没有听到她说因为学历而自卑了，在一篇篇文章的淬炼下，在坚持更新自媒体的日子里，在拿到每一笔稿费、逐渐走向经济独立的旅途上，在一边实习，一边做自媒体的日子里，她每天都过得无比充实。

现在的小雅是妥妥的"斜杠青年"，她靠写作和自媒体的收入已经可以给自己交学费了，最重要的是，在这个过程里，小雅渐渐学会把自己当成了一个公司培养，她跳出了"学生思维"，甚至在尚未踏足真正的职场之前，已经锻炼自己，成了半个创业者。

"我发现，我对自己的情绪、感知、看世界的视角都发生了很多变化。我相信天道酬勤，哪怕这个'酬'很小，但它依然能够在我最无措失望的时候给予我相信自己的力量。"

在她看来，只要内心足够坚定，什么都不会成为阻碍她成长的原因，年龄不会，学历不会，心情和季节更不会。想要变好，就永远不能等，从现在开始行动起来。苦是自己吃的，但幸福也是自己享受的。

小雅和我聊起她这两年学写作和做自媒体的一个最大感受是：提高了抗风险能力。

其实最近几年的求职市场不是很乐观，各个行业、各个年龄段的人都遇到了不同的风险，失业、降薪、转行的字眼出现在我们周边，而对于应届毕业生来说，找到一份合适又心仪的工作，也是一个很现实的难题。

对于小雅这类非高学历的年轻人来讲，早一点为自己规划，特别关键。比如多出去实习、多探索副业、多关注不同行业的发展，这些都能够帮助我们早一点接触到真实的职场世界；增加一份副业，不仅是收入的提高，更是未来你去找工作或跳槽转行的底气，这个过程非常锻炼我们的学习能力，在学习和输出的过程中你可以优先建立对个人价值的认可，避免在"内卷"中迷失自我，迷失方向。

现在的小雅再和室友们聊到这些话题时，大家都对她充满了羡慕。因为即将到来的毕业，促使大家不得不从象牙塔的阁楼上走下，去面对这个真实得有点残酷的世界。围炉夜话时，那些爱情八卦和影视剧不再是她们的话题中心，取而代之变成了：

"去哪里找实习？"

"你的工作有着落了吗？"

"我要不要去大城市闯一闯？"

……

在宿舍夜谈这个环节里,小雅成了话题人物,因为她这几年尝试了许多,折腾了很多,要比同龄人往前多走了几步,给出的经验很实在,很靠谱。

她说:"没能上本科,我坦然接受我是一个大专生的事实,就往前走嘛,别走回头路,你也不知道你会在一条新的路上看到什么样的风景。找到能支撑你的东西,然后继续走下去。去经历吧,这些都是我们'人生'这本书的素材而已。"

沉闷的气氛里,室友对小雅说了句:"还是你有先见之明,给自己找了条后路。"

昏暗的灯光下,小雅笑了笑没说话,只是默默打开电脑继续写作。但其实,她的脑子里也泛起涟漪,开始思考:"我选择写作,真的是因为想给自己找条后路吗?"

在她静静翻看这几年邮箱里被拒绝的投稿信息,又打开和我的聊天记录,那些深夜里一遍遍重新修改的文章和批注,一个神奇的声音冒了出来:"我不是为了找后路而选择写作的,是因为我真的喜欢才去勇敢尝试的。而且,我也不是因为它赚钱才去做的,是因为在这寂静的时光里,唯有写作,才是我的挚友。"

想,全是内耗;做,都是力量。

哪有什么捷径,不过是把踩过的坑都种满花,变成了风景。

并不是因为选择了一条正确的路,而是因为发自内心的热爱且付出了行动,才把选择变成了正确的路。

"因为写作,我不再对人生迷茫了。"这是 22 岁的小雅送给我的礼物。

日出很美,但历经过漫长黑夜的人才能看到。

慢慢来，命运偏爱笨小孩 ▶▶ ▶

与其模仿他人，不如做极致的自己，
慢一点也没关系。
在最坏的情况下，我们也可以成就最好的自己。

一

我在唐风公司的楼下见到她时，很欣喜，身为95后却已经成为公司副总的她，并不是影视剧里演绎的那般踩着高跟鞋、着正装、走路雷厉风行的模样，她像一阵春风悄然来到我身边，轻轻拍我的肩，扭过头，一个头戴贝雷帽的女孩正笑盈盈地看着我。

抱歉，这些年被一些都市大女主剧洗脑了，对职业女性的这些刻板印象，总是不自觉穿梭跳跃在我们的大脑里。我感到一丝羞愧，真实的职场女高管并不是永远一丝不苟。她们是鲜活的、有着独特气息的女性——她可以是气场全开、雷厉风行的霸气存在；可以是平易近人的邻家女孩的模样；可以妆容精致，也可以素面朝天；她是橄榄树，也是玉蝴蝶，亦刚亦柔，风格多变……"实力"才是职场王国唯一的加冕。

唐风目前是公司最年轻的VP(副总裁)，我很好奇她这一路都是怎么过来的。

我问她对当下的"卷"怎么看。她摇摇头，说还从来没思考过这件事，从她上班第一天起，她就是一个两耳不闻窗外事的非典型存在，是很多人眼中的"笨小孩"，非985、211院校毕业，在人才济济的北京看起来非常普通。当时和她一起来公司的实习生里，大多都是高学历，只有看起来不起眼的她，最终走到这个位置。

我越发好奇，她是靠什么职场秘籍走到这个位置的。她举起手中的茶杯和我的咖啡杯轻轻相碰，说："有人爱喝咖啡，有人爱喝茶，我打小就是一个喜欢喝茶的人，我喜欢这种淡淡的回甘，需慢品。在职场中也一样，必须得慢慢'泡'开，沉浸其中，不停咂摸，才能感受到这一分舌尖的清甜余味。只是现在的生活节奏太快了，大家哪里还有品一杯茶的耐心呀！"她摇摇头，阳光从背后偷袭过来，我觉得她更可爱了。

原来职场的本质就是专心品茶，有意思。

我问："那你有时会不会觉得，眼前这杯茶太淡了，并不好喝？"

唐风莞尔："如果我只喜欢并专注自己眼前这杯茶，不去东张西望，又何来的比较和评判呢。"

工作和恋爱一样，我们都希望自己"被坚定地选择"，公司又何尝不是如此？

当然，并不是说我们一生只能待在同一家公司，而是指一种"投入感"，切切实实扎入眼前的事情中去，深入体会这个过程，在真正探索后再来确定，这份事业是否值得继续。而这个过程，需要你集中注意力在自己身上。

成熟的人不做无谓的比较，"比较"不会让我们更开心，"打鸡血"带来的副作用是，很快就疲倦，只有真正热爱的事才能长久。

二

在这个到处嚷嚷着要成为"斜杠青年"的时代，认真打好一份工的人，看起来是有些笨。

刚来公司实习的时候，唐风就显得有些木讷。她没同伴们那么机灵，不太擅长说话，自己的性格又稍显温暾，在当时的内容组里，她是干活儿最多但总被忽略的那个人。

"我没有宣扬'苦累理论'哦，我总是最后一个离开公司，总是接手很多看起来费力不讨好的事情，总是主动争取尝试一些新任务，并不是觉得干得越多，职场道路就越通畅，而是因为我内心有着蓬勃的探索欲。我当时刚毕业嘛，就想尽可能在这家业内口碑不错的公司多一些实习体验。不是为了邀功，也没想过一定会转正或涨薪，我非常清楚，我不是给老板打工的，我是来给自己增长见识的。"

就这样默默过了六个月，同一时期的实习生们到了审核期，内容组只能从众多实习生中选择两个人转正。

宣布的前一天晚上，唐风已经把工位上的东西都收拾好了，就等下班后和同学们大吃一顿，宣告自己第一份实习工作到此结束。

和你想的一样，最终，老板指着角落里满脸错愕的唐风……她留了下来，理由是唐风不仅每项工作都能高质量完成，而且是个"六边形战士"。

早前帮同事做创意策划，又自学了各种新媒体技能的她，是同组中少见的"十八般武艺，样样精通"的存在。

多年后唐风成了别人眼中的幸运儿，在北京落了户，拿着高额年薪，深得老板器重，其实仔细回望，会发现，她从来都是那个不在意结果的人。

上天就是如此有趣，往往没有目的、专心体验过程的人，最后容易拿到大家所羡慕的"成果"。

20岁出头的唐风想得很简单：

一天只做好一件事，一个阶段只朝着一个目标前进。

少一些胡思乱想，多一些心思投入。当你的眼睛聚焦于要做的事，耳朵自然听不到嘈杂的声音。

我从唐风的身上感受到一种"挖井人"的执着与幸福，其实绝大多数人，在许多事情上，都是稍稍摩挲一下，便拂袖而去，很难投入并领悟其中的真谛。

这个社会到处都在"排队"，如果你总是焦躁不安，觉得眼前这条路都是人，排一会儿，等不及了，就跑去另外一条赛道上，你永远也无法抵达梦想的进站口。

恰恰因为这份笨拙，她没工夫东张西望，只是做好手边事，才得到这些机会。不贪心，才能拥有更多可能性。

三

2016年，唐风所在的传媒公司在公众号时代成了头部。

每每在望京下班的晚上，打车的人都超过百个。周遭的楼，像水晶宫殿一样亮堂。有时唐风会感觉很恍惚，既庆幸这份工作给她带来源源不断的能量和故事，也会怅然若失，好像自己被困在这个巨大迷宫里，看不到出口。

彼时的她已经坐到了新媒体主编的位置，开始带团队，洽谈更多商务。随着她业务能力越来越好，也不乏同行和猎头发来更高薪的offer，而唐风很清楚，她之所以一路晋升迅速，本质上并不完全是因为自己的个人能力，而是因为她对公司足够了解、老板的信任与放权，以及她在这份工作中有着强烈的使命感，和这家企业的企业文化很相近，那就是，希望通过内容给年轻人更多成长的参考，人与事，是紧密相连的，并不完全依托于商业出发点。

"我热爱我这份工作，所以不会轻易离职。诱惑当然很多，毕竟我也是一个需要生活，渴望在北京拥有属于自己一席之地的普通女孩，但仔细分析过利弊，我在的这家公司已经是业内头部了，且我的团队都是由我一手带起来的，即便同行高薪来挖我，长久来看，跳槽未必是好事。有些给的 title（职位）和待遇真的很让人心动，可我还是更热爱眼前这份事业呀！"她狡黠地笑笑。

随着公司的队伍越来越壮大，唐风更是在形形色色的人身上，看到不同的职业成长路径。

她的头轻倚在墙上，说："那个时候，上班好像赶集啊，每天都人来人往的。因为公司发展迅速，又进了一轮投资，大家伙心都很浮躁，初创员工感觉随时可能一夜暴富，也有人把这儿当跳板，待几个月扭头就走。"

时代的浪潮席卷而来，大家纷纷跳入大海，图个痛快，只有唐风站在岸边，隐隐感觉不安。

"因为我一直做和内容相关的业务，我比较敏锐地察觉到，图文的时代可能快过去了，那时短视频已经成了年轻人的日常，随着 5G 移动互联网的发展，看似如火如荼的业务背后其实是危机四伏的。"

在研究过一阵子后，唐风做了个大胆的决定，她主动和老板提出要开拓新业务、新版图，要去组建短视频团队。

在公司高管会议上，唐风的提议被许多人否定，保守派认为她这是浪费公司的财力物力，瞎折腾。

第一次在公开场合被这么多人反对的唐风很受伤，有被打击到的隐隐约约的羞耻感，有为自己作为"打工人"感到不值得的瞬间，还有一些小的愤怒和无力……在将台公园附近的一家小酒馆，朋友宽慰她："你操什么心呀，你拿你的工资就好了，公司的发展和你有啥关系。"唐风没有说话，只是内心依旧挣扎，她也不是爱出风头，非得参与决策决定公司的命运，她只是本能地希望自己热爱的事业可以越来越好。

唐风突然抬起头，直视我，问道："晓雨，你会不会觉得我很傻？这年头哪个年轻人还相信把公司当家这样的傻话呢？其实我也没那么高尚，我只是很热爱我的工作，我把它当孩子，不忍它折损，不忍它被时代淘汰。顶撞了其他高管，我也做好了被公司裁员的准备，我是不后悔的。"

和当年收拾好东西准备结束实习一样，内心已经做好被开掉的准备的她再次被留下来，而且公司赋予了她新的开疆拓土的权利。

"我老板还是很懂我的。不对，他是懂这个时代。"

得到老板同意的她，再次投身于短视频的内部创业项目，选择从头再来。

两三年后，公众号的阅读率极度下滑，广告商纷纷向短视频伸出橄榄枝，业内许多同类型公司濒临倒闭、破产或缩减团队，而唐风再次带着公司这艘船，穿越了暴风雨。

凭借着多年做内容的高敏感及对市场的洞察，唐风的新部门继续在短视频的江湖里风生水起，而她本人也因此被提拔到副总裁的位置，实现了许多人羡慕的"财务自由"。

"是财务自由，不是财富自由哦！我在北京买了房子，平时也不愁衣食，因为自己没太多物质欲望所以钱够花，而且比起银行卡里的数字，我更在意自己是否有穿越周期的赚钱能力，这点对我来说很重要。"

我问唐风，赚到了钱最开心的是什么。她说，以后的人生，她更加会为自己的热爱而活。

她从来不需要"卷"，也不认同"卷"，不想参加"卷"，就只想做好眼前的事。

我们从小到大就一直在被分类，好学生，差等生；听话的员工，职场叛逆分子；持之以恒的优秀青年，总是三分钟热度的人……而我想通过唐风的故事告诉大家，打破分类，让自己回归到一个真实的自己，你只需要按照自己喜欢的方式去生长，自有收获。

回溯历史的长河，淘汰我们的从来不是真正的同类竞争，马车不是被另一匹跑得快的马车淘汰的，而是被汽车；传呼机不是被另一台更精美的传呼机淘汰的，而是被互联网所打败。

打败"卷"的方式不是登上一艘更大的船，而是让自己成为港口，成为岸。

四

见完唐风，我走在回家路上，想起20岁的自己，在下班后每天坚持写作，在许多个别人不理解的瞬间，继续书写属于我的平凡故事。

我从唐风身上看到了自己，也看到了属于"笨拙的孩子的礼物"，那就是我们都成了一个更结实的人。

行动让我们的心灵更有力，因为我们有着真切的探索和体验，所以给到他人的能量不是轻飘飘、形而上学的，而是一段非常扎实的"人生样本"，那些走过的暗夜，最终成了灯塔。与追求宏大的目标比起来，脚踏实地走好每一步更重要。

人的成长就像一条河流，上游湍急，中游婉转，下游清澈和奔放，在青春里，缺哪一段都不成立。终有一天，我们会在这条河流里，形成自己的价值理念。

不盲从、不慌张，从容感受当下。

每个人都是独一无二的个体，不同的性格特质和成长路径造就了我们不同的模样，无论是庆幸还是哀叹，我们都无法成为别人。

去创造，而不是复制；去实践，而不是沉迷想象；去真实地碰撞和受伤，而不是将岁月浪费在焦虑和假想上。

命运偏爱笨小孩。

与其模仿他人，不如做极致的自己，慢一点也没关系。

在最坏的情况下，我们也可以成就最好的自己。

若是月亮还没来，
希望就在云后面 ▶▶

真正的治愈，
不是期待一切都会好起来，
而是明白即便一切好不起来，
也会带着破碎的心和呜咽声继续往前。

一

现在的年轻人不再"精神饥饿"了，而是陷入另外一种尴尬境地，噎得慌——看起来选择越来越多了，考公务员、考编、进大厂、创业、成为新型数字游民……整个互联网就像一个巨大的游乐市集，招募着年轻人，让他们成为主宰人生的摊主。

事实上，绝大多数热烈的吆喝声都是虚晃一枪，我们手提技能、肩扛理想地扎进去，发现要么"卷"得无望，要么遍地荒凉。

回过头来看到的真实现状是：越来越多年轻人被动地离开职场了。

有人开玩笑说星巴克里只有失业的中年人，而我在辗转几个城市做新书分享会的路上，惊讶地发现，大部分工作日的咖啡馆里不只有中年人，还有年轻人——三三两两的年轻人聚在一起聊"不上班以后干啥"；头戴耳机、扎脏辫的摇滚青年前一秒还在沉浸地看书，下一秒接起招聘电话压低嗓子语气无比恭敬；不同职业的人抱着电脑，拿杯美式，一半在移动办公，另一半可能在投简历……从 70 后到 00 后，都很难。

一直到今天，我这个"18 线"博主的社交媒体私信里还有不少留言是来自各年龄段的人发来的失业日记。

所以最近这段时间，我对话了几个朋友，把他们的故事分享出来。

本质上，我们与他人都有着内在关联，都是在相互映照，都是通往世界的一种通道，发生在他们身上的过去和未来，亦有可能降临在你我的生命中。

二

"刚被裁的时候，特别爽，我拿了一大笔赔偿款。"小柴说这句话的时候，露出自嘲的笑。

没多久，他就意识到不对劲儿了，之前隔三岔五来挖他的猎头渐渐没那么活跃了，给他推荐的岗位，级别越来越低，要求越来越高，到后面，小柴也不再打开猎头的信息，自己摩拳擦掌活跃在各种招聘软件和内推里，得到的反馈仍不如意。

"就……真的蛮令人感到挫败的。"

那种挫败感不是简单的找不到工作或被迫降薪的憋闷，而是好像自己作为"一个人的价值"在被剔骨般，一点点被否定掉。

"我真的适合互联网吗？我离开了大厂还能做什么？除了技术我

还有什么？是否我在当初选择职业赛道时就选错了？如果人生有机会回到 20 岁，我还会选择来到这座城市吗？我的父母一直以我为傲，他们完全不知道我现在连个工作都找不到了……这些声音一直回荡在我心谷，每听一次，对生活的兴致就薄了一些。"

在持续性受挫后，小柴先是喊朋友们喝酒吐槽，人没醉，身体倒发出了"脂肪肝"警告。

"我是 90 后，居然都有脂肪肝，可 90 后的人今年也 30 多岁了。"小柴哈哈大笑。

之后的几个月里，他去了新一代职场年轻人的朝圣地，大理。

骑车环洱海被对岸雪山的暮光抚慰；在才村的咖啡馆里和不认识的年轻人大聊特聊；夜晚的人民路上，流浪诗人、歌手和不知名的创业者们席地而坐，哪怕不说话，也是舒服的，用敏感而柔软的触角伸向加了一勺糖的月亮。

我好奇道："所以是大理的松弛，治愈了你吗？"

"在我亲身感受过自由职业者们的生活状态后，回头看，才明白我内心的不安感来自什么，此刻的我还没做好成为一名'数字游民'的准备，但我却被迫离开职场了，就像一个小孩没有离开过妈妈，第一次去到陌生的幼儿园一样。我应该做的不是哭着闹着找妈妈，而是用自己的方式去面对这个新世界，就像我们迟早离开自己的原生家庭，我们也迟早会告别某个工作平台。所有的过程和经历，都是为了让我们成为一个不可替代、不会心慌的自己。"

被某大厂裁员的第八个月，小柴终于重新找到生活的意义。

不是非要找一份好工作，也不是非得立刻逼迫自己成为某种群体中的一员，而是以开放的、多元的心态，去迎接接下来的生命探索。

"我也在重新思考自己的职场规划，不一定非要去大厂啊，也可以找个相对喜欢的工作，慢慢用副业沉淀自己，这样下次万一再被裁我都有经验啦。"

小柴笑着说。

三

在人生的高光时刻和至暗时刻，我们看待事物的时间尺度不同。

此刻的你，是在用三个月为期的眼光看待自己的职业，还是在用十年为期的眼光去看待自己的职业，得到的结果截然不同。

我这几年最大的一个变化是：学会跳出社会标准时钟，看待"晚立"的自己。

我愿意用长期主义的心态，去迎接生命中任何一场风雨和恩遇。

我是在上海偶遇"金丝猴"的，彼时的她坐在我斜对面，在愚园路上一家不知名的桂林米粉店铺里，我们都点了微辣螺蛳粉。

两个人都满头大汗，我是辣的，她是热的，她给我递过一沓纸巾，我们顺嘴多聊几句。

她去年才毕业，之后在北京工作了半年，做影视公司的宣发工作，正赶上行业不景气，公司人员缩减，她被自然"优化"了。

辞职后的她想着反正还年轻，不如趁这个空当 gap（意思是在工作或学习生活中，由于感到压力太大而短暂休息和调整）一下，工作不到一年，没什么存款，她就加入了很多社交媒体上的义工社群，一边做义工一边旅行，这一年走遍了大半个中国。

她在咖啡馆当过服务员；在民宿里记账、打扫、做跑堂的；去大西北参加过"捡垃圾"环保公益项目；学着摆摊，去各个城市时代购一些当地特产……做得很杂，远没想象中那么轻松。

"好多人劝我做自媒体，我也在计划，但说实话，绝大多数人在路上的时间好像忙着谋生，也没时间认真梳理自己。"

父母当然是不同意的，他们每次打电话都说"不上班像什么样嘛"，但每次挂电话之前又说"要是经济困难了，吱一声哦"。

"我才不拿他们的钱呢，拿了就意味着要听他们的话，我自己能养活自己。"她狡黠地笑笑，鼻尖上还有汗珠。

我看着眼前这个女孩，突然意识到她身上的特别。

她并不贪心，且头脑清醒。在她的世界里，没有月入过万也能好好生活。

她对生活低欲望，但对生活的现状却是十分满足；她既没"躺平"也不过度焦虑，只是用她喜欢的方式去探索，尽管世人都不看好，但她能对自己的人生负责。

后面我才知道，她是传媒大学毕业的，在她的同学们一个个活成朋友圈里的精英人士时，她在迎着风奔跑；在夕阳下晒太阳；在一些不知名的小店角落里收集着那些人生故事。

我在她身上感觉到了属于人类本能的游牧感——自由的，灵动的，不甚焦灼的，在虚拟与非虚拟、陌生新青年与古老侠客精神之间飞速切换着。

她说她走得越远越不想上班，而我像个俗气的大人一样问出冒着傻气的问题："那你想做什么呢？"

女孩想都没想脱口而出："为什么非得做点什么呢？"

就仅仅是活着，按自己的方式活着。

选择怀着常人不能理解的激情与炙热，在凡俗之外，在尘世之间，带着一往无前而又自在独行的想象力，去创造属于自己的一个小世界，有什么不可以呢。

女孩的故事在大的社会环境下显得离经叛道，但我却觉得她很了不起。

她的内心有一种独立面对世界的泰然自若，并非人人都有。

告别之前，她问我的职业，我说写故事的。

她雀跃不已，说："那你一定要把我的故事写下来呀，主人公的名字就叫金丝猴，一只上蹿下跳的小猴子。"

在告别金丝猴之后的这两周里，我的脑海里总是时不时冒出这个女孩的影子，她出现得那么神奇，离去得又悄无声息，我们甚至没来得及加个联系方式。

也是她的故事，让我突然意识到：焦虑，就是用想象力来伤害自己。

如果我们无力改变客观环境，或许能从"内"出发，先斩断那条多余的情绪尾巴。

在整个大的社会体系和行业发展中，我们很难按照个体经验推演接下来的剧情，如果你一直把自己当作"被动的观众"就会一直吸收那些消耗你能量的信息。

试试拿起手边的遥控器，按下暂停键，休息休息，或干脆走出这间屋子，去到更广阔的自然里，轻轻感受呼吸。

四

最后想分享一个蛮打动我的故事。

主人公是一个快四十岁的姐姐，她在疫情这几年陆续经历了家庭变故、公司倒闭，身上还背负着一线城市的高额房贷，是很多失业中年人的缩影。

我在和她吃饭的时候，聊到失业的问题。

我以为她和绝大多数人一样会吐槽市场的凛冽和残酷，或者给年轻人更多"过来人的建议"，但都没有，她只是平淡地笑笑，说："别去担心35岁后的自己在干吗，在哪里，和什么样的人在一起，是否有一个稳定好工作……而是好好过好25岁的当下。"

所有抗风险能力的前提都是提升自己。

这个时代变化太快了，你压根儿想象不到未来世界的样子。

环境在变，你也在变，你想要的东西也在发生变化。

没有什么是可控的，除了你自己。

只要你做好手边事，每一步都走得足够踏实，好好吃饭，好好工作，忠于自己内心的感受，你就会渐渐长成一个不惧怕变动与重塑的人。

面对失业、失恋，只要你不失去自我，都没什么大不了。

长大才发现，人生没那么多关机重启的选项。

年轻一点的时候，朋友跟我抱怨工作，我会说："太痛苦就换一个吧。"

遇到"狗血"的情感吐槽，我会轻飘飘来一句："那就抓紧时间离开他啊！"

现在的我不会这样了，因为我深知，在生活的浓墨重彩与一片空白之间，还有着许多种可能性，许多难与人言的情愫。

我们要允许自己不够潇洒、不够强大；允许自己有混沌期；允许自己会被外界影响；允许自己在其他价值观的夹击之下而短暂地迷失自我；允许自己拥有凡人的种种特性……

真正的治愈，不是期待一切都会好起来的，而是明白即便一切好不起来，我也会带着破碎的心和呜咽声继续往前。

我不会再去责怪那个小孩为什么还停留在原地打转，我只想给她一个拥抱，一个拥抱就好。

我依旧喜欢黑白分明，但亦能深入这世界的灰色地带，体会个痛快。

《焦虑星球笔记》中有段话特别打动我：不要因为自己把生活弄得一团糟而自责，这很正常。宇宙也是一团糟，银河成天四处漂移，漫无目的。你只是在和宇宙同步而已。

生活没有拨乱反正这么一说，日子滚滚向前，只要你一直走下去，总能找到自己的心之所向。

普通人的英雄主义，就是在褴褛的世界里，不断拼凑出那个完整的自己。

打破"文科焦虑"：
人生不止一个维度 ▶▶ ▶

医学、法律、商业、工程，
这些都是崇高的追求，足以支撑人的一生。
但诗歌、美丽、浪漫、爱情……这些才是我们生活的意义。

——《死亡诗社》

不知道你有没有听过类似的言论？

文科没难度，完全能自学，但理科不行；文科作为兴趣爱好学学就够了，选专业还是得理科；文科生大学毕业即失业，理科生再差，也能找个差不多的工作……

我原以为这些观点早已过时，毕竟这可能是二十年前、十年前曾盛行一时的传统教育理念，可在采访过程中，我惊讶地发现，在新一代年轻人中仍有不少人有着"文科焦虑"，担心自己将来毕业之后找不到工作。

作为一个典型的文科生，我从小就偏科，到了中学时代更甚，喜好文学和历史，一头栽入故事中的浪漫主义和哲思，穿梭于时光中，对着许多遥远陌生却又惊鸿一瞥的片段感到亲切，感到留恋，甚至在不懂得心动是何滋味的年代，我已和书中的主人公开始一段奇妙的"恋爱"。

相反，理科的数字公式，一切井然有序的设定，让我浑身上下不自在，很难沉浸地学习，因而从漫长的学习过程到职场实践，我更多侧重在人文社会的体验中。

老话说"学好数理化，走遍天下都不怕"，可我这个野蛮生长的文科生，凭借对文学的一腔热忱也找到自己的一席之地，且从不怯懦。

接触的人越多，越发现，大多数情况下，学历和专业不是门槛，真正隐形的"职场门槛"是你的认知、你的视角、你对自己的了解程度、你有没有为喜欢的事情全力以赴的决心。

所谓天赋，不过是对梦想的耐心所筑。

当然，我个人是非常不喜欢这种简单粗暴的"贴标签"，把一个人分为"文""理"，我们认识这个世界的方式应该是丰富而立体的，它可以是有逻辑的、有算法的，也可以是无秩序的、充满美学和未知的——你有权利解释自己所看到的世界，用你自己喜欢的方式。

选择一个专业，就是投奔一种理想；选择一份工作，亦是在创造一种新的生活方式。

文科、理科本没有高低优劣，希望通过这篇文章可以让更多人打破"文科无用"这个观点，写给你我，写给每一个即将投入职场的年轻人，也写给我们的父母。

相信孩子的选择，是对他们最好的爱。

二

阿雯出生在一个"理科世家",爸爸是工程师,妈妈在一所中学担任物理老师,她还有一个哥哥,从事金融行业。从小嚷嚷着"要有自己的一间书房"的阿雯,爱好总是被忽略。

从中学时代起,爸爸就会带着她参观科学技术博物馆;家里的电视机常年播放的内容是新闻时政和军事;偶尔看个综艺,都会停在《最强大脑》这样的科学竞技类节目。

诚然,爸爸妈妈也很爱她,但这种爱似乎更多停留在为孩子提供基础的生活条件上。

"在我上大学之前,他们从来没问过我将来想做什么。"阿雯叹了口气,把棒球帽摘下揉揉自己的短发。

高三那年,她在家里听到最多的一句话是:"好好考试,努力和你哥一样,学金融,将来出来找一份好工作。"

阿雯曾尝试过和家人说出自己的真实想法。她喜欢语文,喜欢历史,喜欢读心理学的书,在她心里排名前三的"理想专业"分别是:教育学、考古学和心理学。

阿雯当时是在餐桌上表达出了自己的想法,哥哥不在家,妈妈在听到"教育学专业"时露出欣慰的笑容,觉得是个不错的就业方向;而爸爸似乎只听到"考古学"这个专业就哈哈大笑,说阿雯莫不是看小说昏了头,在他眼里,这不过是一个少女幼稚的玩笑。

"其实这件小事,挺伤我的心,从那之后我就很少和他们聊这些了。"

回想自己从小到大的成长,几乎是在父母的安排下走到此刻。

大到升学择校，小到穿什么衣服、梳什么发型，爸爸妈妈都会给她建议，说是建议，其实却是要求。包括和什么样的人交朋友，家人也会过问。

小时候对这些没有概念，会觉得爸爸妈妈对自己很好、很关心，担心自己给他们添乱。

到了青春期，父母"权威的爱"和孩子逐渐内向生长的自我意识开始有了冲突和分歧。

阿雯有时候会觉得很窒息，家人明明很爱她，可她为什么不能有自己的想法？她开始怀疑，如果自己变得不听话，爸妈是不是还会一样爱她？

那段时间的她内心很混乱，甚至开始有一些厌食、厌回家。周末她经常在学校附近的自习室一待就是一整天。她迫不及待想要奔向远方，离开眼前的"缺氧"生活。

在这种挣扎下，阿雯迎来了人生中第一次叛逆。

等到高考报志愿的时候，阿雯瞒着父母选择了文科类的汉语言文学方向。

当天，在同学家填写完电子信息的她，带着一丝难以启齿的窃喜和怅然若失的恐惧回到家里，平静地对父母说了自己的决定。

和想象中不一样的是，爸妈并没有劈头盖脸来指责她，沉默了很久，父母只是叹气，接着阿雯先绷不住了，说出了自己压抑在内心已久的真心话。

"我知道你们都是为了我好，但这是我自己的人生，我不想成为哥哥，也不想成为你们，理科再好，我都不喜欢。你们总说我是看书看傻了，其实不是的，我觉得书籍比你们更懂我。对不起，我让你们失望了……"

说着说着，阿雯自己哭了起来，她非常害怕，害怕自己没有办法成为父母期望的那种样子。

听到这里，阿雯妈妈过来拍了拍女儿，说出他们真实的想法。

其实父母并非真的瞧不起文科生，只是觉得站在所谓过来人的角度，觉得理科类的专业会更实用些，是技能、是"干货"，将来到了社会上比较好找工作，说不定家人还能帮衬一些。

阿雯妈妈说："但我今天知道了，这些不是你想要的，妈妈相信以你的能力和聪慧，无论选择什么专业，都能找到一条适合你自己的道路。"

就这样，阿雯如释重负，走进了自己喜欢的大学。

上大学后阿雯才发现，原来不只自己遇到了类似的问题，不少同学在交流中也提到"文科生的情感处境"，大家越来越强调"有用"了，而这种"有用"最好可以被量化、数据化。

从学生党到上班族，理性择业最终蔓延到各个年龄段的年轻人，形成一个密不透风的牢笼，困住所有人，然后途径本身变成了目的。

三

文科真的无用吗？

理科生可以成为创造人工智能丰富多彩的场景应用的科学家们，以及每天出入投行和证券公司，与数字金钱打交道的金融从业人员，还有招聘软件上大量的"数据分析师""程序员"等岗位等着他们，文科的就业方向好像看起来就没那么多了。

就拿阿雯学的汉语言文学专业来说，专业不算小众，还蛮常见的，通常的就业方向以当教师、考公务员居多。

阿雯纳闷的是："如果我不想进体制内，还有什么适合我的呢？是不是我们选择什么专业就决定了自己的人生是什么样子？学院论坛上说我们这个专业的都是'自由而无用的灵魂'。"

不只是她，她身边的同学们都很焦虑，而在写这本书的过程当中，为了能以更多视角带大家了解真实的就业市场，我也去做了大量调研。

根据相关数据反馈，近年来大学生就业报告上榜的"红牌专业"（大意是指其市场就业压力较大、空间较小，薪资待遇以及未来前景相对于其他专业而言相对较差的专业）就有一些文科专业。

看到这份报告我似乎明白她们的担忧了，就业岗位竞争压力大的情况下，讨论的不是"文科有没有用"，而是放在具体一个人的身上，讨论"我要怎么找到一份合适的工作"。

是的，要回归到"人"的身上，任何一个职业、一个领域，抛开其本身的具体情况给出的建议都过于冒失。

我在自己的朋友圈里（数据有限）一对一访谈了十个左右的文科毕业生，她们都是已经步入职场的人士。我发现每个人的成长路径都不同，有人毕业后当了老师；有人离开家乡到北京来进入广告公司做文案；有人成为律师，每天奔波在法院和客户之间；有人 30 岁从体制内裸辞，成为"数字游民"……她们尽管成长环境各异，但每个人都找到了自己的职业方向。

所以，年轻人，不必因为一份报告而产生自我怀疑，更不必在你没踏入真实的职场前就否定自己。

大胆去尝试吧，我们的人生也许不够成功，但足够有趣。只要能养活自己，给梦想一段成长的花期，并无不可。

"那我可以尝试一边上学一边写作吗？"

"当然。"

理想和专业从来没关系。

面对阿雯的提问,我给她从另外一个维度讲述了一个真实故事。

我有一个好朋友,是非常优秀的青年作家,午歌。他的作品被改编过电影,本人的经历可以用"左手工科思维,右手浪漫写作"来形容。

上学的时候,他是典型的"理工男",大学毕业后进了一家造桥的研究院。这家研究院主要研发的项目就是在大海上造桥,而他的工作内容里包含实地勘测检验造桥的设备。

有一次,午歌在出海的工作中,看到一个老工程师站在对面抽烟。

其实如果是在正常的屋子里抽烟,抽一口,香烟就往下燃烧一截,不抽的时候,香烟的燃烧速度就非常缓慢,一点一点,青烟萦绕;而面对真正的大海,老工程师站在几十米高的塔吊上面,午歌看着对方点燃了一支香烟,嘬了两口,眼前的香烟如同开了倍速般迅速燃烧,倏地一下就没了。

当时他就有一种感觉,感觉人生就像燃烧的香烟一样,在风大的时候燃烧很快,可能我们的一生就如同这支烟一样,会迅速地燃烧掉,一切都将逝去。

那一刻他突然觉醒过来,觉得人就应该去做自己想做的事情,去追求自己梦寐以求的理想——他年少时对于写作的热爱就像一团小火苗般,借这支香烟,被点燃了。

他下定决心从塔吊上下来,开始写作,开始把自己的文字拿给别人看。

现在十年过去了,他凭借自己的努力和探索,不仅成为一名出色的青年作家,还有另一个身份是"出版人"。

如果按照传统意义上大家想的,你选择什么专业,就要成为什么样的人，午歌很难从"命运的塔吊"上走下来，恰恰是他不给自己设限，才能穿越青春的迷雾障，解锁新的风景。

所以在我看来，人生从来不止一个维度。文学提供深情，科技提供理性，生活提供悲悯，而我们跌宕迷人的经历终将打磨出一颗干净的心，宇宙之内无不可探索。

想起之前看泡泡玛特 CEO 王宁的一次采访。

他说："无用才是永恒。假如盲盒娃娃的头拔掉是个 U 盘，你还会不会买这么多？"

答案是：当然不会。

有用的东西，只会出现在特定时刻，而"无用之美"，比如阳光、快乐和眼泪，这些蕴藏着我们心灵成长的东西，就像标点符号一样，看起来没用，但恰恰是它们，串联起了我们这一生的故事并使一切井然有序。

小狗不可能帮你完成工作，但丝毫不影响你偏爱它。比起成为一个"有用"的人，我想成为一个永远忠于自我的"无用之人"。

真正的文学，并不是虚无缥缈的理想主义，更从来没有脱离过日常生活，面对即将到来的职场探索，我们的注意力不该放在"预设的焦虑"，而是应该好好打磨自己的作品，为喜欢的人生吹起号角，大步向前，不遗余力。

四

"晓雨姐，那你有自己明确的职业规划吗？"阿雯问我。

如果是 20 岁的我回答，真实答案就是：没有。

我比较信奉直觉，大部分时候，答案都藏在自己心里。如果你隐隐约约觉得不对劲，十有八九这条路不适合你。

我是靠着对写作纯粹的喜爱和"忍不住去做点什么"的冲动，一路折腾到今天，用笨拙的排除法，确定出不渝的热爱。

我从来不觉得"工作是规划出来的"，但它也绝不是从天而降的，更多时候，还是要去体验、去试错，在一次次的受伤过后对自己进行打破重塑，再长出新的灵魂。

现在，28岁的我会回答：给自己种下一个梦想，不是为了一定实现它，而是可以尽快行动起来。拿到青春这张考卷时，一定要尽情涂鸦，去看看更广袤的世界，你会发现，我们身上的渺小也是聚焦的光源。

每个人都是发光体，我们谁都不用羡慕谁。文科生和理科生各有所长，我们不需要要求自己成为全才。事实上，也没有人能够成为全才。

我们的人生从来不需要面面俱到，只需要独一无二。

每个人都是有天赋的人，努力找到能使劲的方向就好。

愿这个春天，百花齐放。

你的拖延不是懒，
而是因为不喜欢 ▶▶ ▶

当你不知道自己是谁时，
你才想成为别人。
当你确认自己是谁时，
就不会再想成为任何人。

生活中，总能听到类似的叹息："我就是太懒了，太拖延了，所以青春一晃而过，什么都做不成。"

每每听到这些，我都在思考一个问题，那些没有实现理想的人，真的是因为懒吗？

有没有可能我们以为的"拖延症"只是虚晃一枪，是宇宙向你发射回来的一个信号？它在用这种方式去提醒你，关注自己的心灵，去拥抱内心的那个小孩，分辨出什么是"假想的梦想"，什么是"真正的心之所向"。

你迟迟没有行动，也许是你还没有想清楚自己真正想要的是什么，尚未找到自己的人生使命。

做好不一定热爱，但热爱一定会做好。

只有热爱，才有动力。所以我们不必苛责自己，与其埋怨过去的自己不够努力，不如此刻坐下来，和自己好好对话，问问心中的自己到底喜欢的是什么。也许你就是一杯咖啡，不必强迫自己变成可乐。

二

我有一个好朋友叫秀敏，她的故事几乎在我每本书中都被提到过。

我们是大学同学，毕业后，同样学新闻的她进入电视台工作，后面她还跟过剧组，但她的职业生涯一直都不是很顺利，总有被卡住的点，总有许多悬而未决的课题等待解决。

四年前，她辞职后再也没有从事和传媒有关的工作，当时她说她没有特别强的动力去找工作，就停下来，沉寂了一阵子。

我还记得那天，我们站在景山公园的万春亭里，暮秋季节，整个天空像是敦煌壁画一样，赤橙与孔雀蓝晕染开来，对面是恢宏的故宫，远处是刚刚建好的中国尊，身边是三三两两的年轻人，她就那么漫不经心地倚靠在栏杆上对我点点头，说："我现在感觉自己一身轻松，甚至能够听到内心有什么东西在召唤我。晓雨，我可能要去学习新的领域了。"

我很诧异，问："我一直以为我们热爱的都是文学、艺术，现在做的事情不就是吗？"

"是，从前我认为这就是我的热爱，所以我去了电视台、去了影视剧组，可真正尝试过后我发现，我做工作的动力不够，反而是每次跟组外出拍摄的时候，我会对剧组的服装、设计很关注，逛街时我也忍不住去看大家的衣着打扮，我好像真正感兴趣的是服装。"她顿了顿，认真地说，眼角眉梢都是喜悦，"何况，文艺与美学，阅读与时尚，这些东西的本质都是发现自己，创造自己，只是我更喜欢用服装的方式去呈现。"

没多久，她就拿着自己省吃俭用的"巨额存款"，去报了服装设计的专业课程，上课的地方在亦庄，她要坐长达一个多小时的地铁，再转两趟公交车才能抵达。

为了省钱，即便是雨雪天她也很少打车。那个冬天，她就这样奔波往返在路上。

旁人眼中的她，辛苦、爱折腾、花极大的代价去转行；而我眼中的她，炙热无畏、有着不怕从头再来的勇气。

每次见到秀敏都能听到她最新的好消息——"我开始学做旗袍啦""我能够完整制作出一套高定裙子了""我跟着老师开始尝试电商直播了，好有收获"……

过去总是在传媒领域坚持不下去的她，在服装设计这件事上，却有着用不尽的力气，提到自己设计的服装时，整个人都神采奕奕的。

她说，活了 30 年，第一次感受到什么叫为热爱而活。

这种能量会从内在驱动着我们成长。我也从她身上看到，一个人只要找到自己的热爱，什么时候开始都不晚，所谓"种一棵树最好的时间是十年前，其次是现在"。

真正的热爱必须去行动，你才能区分清楚那是一时兴起的"热情"，还是愿意花更多时间、精力去投入的"热爱"。

只有行动才能击破幻象，将幻想落到实处，将这份喜欢渗透进生命里，在探索路上才能感受到自己内心真实的声音。

人要把一件事情做透，才有资格谈是否是真的热爱。在开始之前请别轻易说，我不行，我做不到。

你的性格决定你的成长。

每个人的天赋和兴趣不同，我们不必强求自己活成别人期待的样子。

三

当下越来越多 95 后、00 后新生代年轻人的工作观：工作不等于找事干，比起眼前的薪资和劳动价值交换，我们更在意这份工作能不能激发自己的创造力。

无论是被很多传统职场前辈看起来不太靠谱的"常跳槽星人"，还是在裸辞后选择 gap，去停下来看世界的有趣灵魂，说到底，都是大家想要在时代的湖面上泛起涟漪的同时，期待水面折射出自己内心真实的向往，都很正常。

当然，也许会有朋友提出疑问，年轻的岁月匆匆而过，我们到底是趁青春多体验，还是去聚焦于某一个领域深耕？

我想给这本书的朋友们分享三个成长锦囊。

我一直都觉得"自我"不是被定义的，也不是被找到的，而是被确定的。

年轻人不能活在单一的价值评判体系里，只有走到更广阔的天地、看到更广袤的风景、收集更多的人生样本，你才能知道，你的面前有多少条路。

选择什么路不重要，重要的是，你要有选择。

很多人就是因为看不到"选择",所以这一生浑浑噩噩,充满拧巴,既无力成为"我",但又不屑于成为"别人"。

我的第一个成长锦囊叫:大胆探索。

这是我从身边许多朋友身上学习到的。

今年夏天,我在北京见了两个许久未见的老朋友,带给我许多人生新思路。

一个是维安,充满灵气的95后青年作家,她在毕业后,先后去了两家传统媒体实习,体验过职场的她又选择毅然决然去英国留学,之后每次看到她的动态分享,都会给我带来不一样的多元文化体验。我们见面时,逛了久违的鼓楼东大街,听她一路讲在英国的见闻和职场故事。

我好奇道:"英国职场也这么'卷'吗?"

她的洞察很深刻,说:"打工人最好的'爱自己'不是摸鱼,也不是'卷',而是在一份工作里做到知行合一,找到工作对自己生命某一阶段的能量或资源供给,然后让这份工作为你的人生目标提供养分。"

她还说了一句金句——自由职业,是最大的铁饭碗。

我们交流了不同职场环境下的青年现状,也分享了彼此最近几年的探索。她打算定居英国,书写一些不一样视角和文化背景下的华人生活;而我从职场中脱离出来,变成了一名自由职业者,在路上不断与不同的生活方式对话。

我们在看过越来越多的"成长参照物"之后,对自己的人生开始了新思考。

另一个好友是夏凉,她在经历过大厂实习、职业经理人、合伙创业过后,在30岁这年选择了前往东京学习和生活。

相识于微时的我们在她短暂回国休假时见了面,在东华门附近新开的一家咖啡馆落座，我点了杯颇具特色的"黑芝麻胡同咖啡"，她给我带了手账本和帆布包作为礼物，还给我分享了在东京生活时她养成的"集印章"的习惯，我们当天就沿着王府井大街边聊天边盖了个够。我第一次知道原来许多书店、药店、奶茶店，甚至木偶剧院都有自己的文创周边。

聊到她为什么放弃高薪的餐饮合伙事业而转头去日本留学，她的答案并不功利，她说："经过长久的航行抵达海岸后，体验差不多了，我想去新港口看看，尤其是在餐饮行业和生活方式上，不同国家能让我学到的东西不一样，所以我偷偷攒了好几年的钱，就出来看看世界。"

勇敢跳出去。有时候迷茫的生活不需要答案，只需要改变。

我的第二个成长锦囊叫：先广后精。

作为初入职场的我们可能很难立刻确定自己的热爱，也不知道到底该往哪儿走，哪条路才更适合自己。

大卫·格雷伯《毫无意义的工作》这本书，从经济学的角度深度剖析现代人工作模式的背后，书中写：只有认清那些无意义的工作，才会获得实实在在的劳动价值。工作是美丽的，但前提是拥有拒绝无意义工作的勇气。

要去吃"有意义的苦"，而不是沉迷于"我很努力"。

这里的"意义感"并不建立在群体的认同上，而是要不断洞察自己的内心，去感受眼前的事到底是不是自己喜欢的，是不是能够给我们带来成长的。

我不追求成功，但我追求成长。在不断的探索和经历中，成为一个具体的、真实的、鲜活的"人"，纵然力量微弱，也渴望活出自己这片生命森林里的燎原之火。

生活在这个时代里，我们总下意识和别人去做对比，而当你接触到更广阔的世界，保持多元的探索和对话，不媚俗、不趋同。勇敢体验，不怕犯错。先广泛尝试，再慢慢了解自己真正喜欢的是什么，聚焦到真正的热爱之上，这样的成长之路更为稳妥。

我们不必要求自己每件事都做到一百分，或者一定要达成某种结果，而是要看在这个奋斗和折腾的过程里，你是否找到了自己的使命所在。

找到了，就专注深耕；没找到，就继续前进。

其实我也不是16岁就立志要成为一个"作家"的，毕业后的我经历过多次迷茫期，但始终没有停下探索的脚步，无论是一边上班一边坚持写作的自己，还是那个为了一个"图书选题"选择大胆跳出职场的自己，都并不清楚前路的光景如何，反而在默默写作这些年，蛰伏于黑暗和寂静中，写作护住了我内心的那簇小火苗，让我得以继续保持单纯、炙热和对理想的信念感。

去做自己喜欢的事情，天塌下来也和你没关系。也许这个道理挺俗的，但这就是写作教会我的——专注于长期主义。

最后送给大家的第三个锦囊叫：顺势而为。

在读《世界尽头的咖啡馆》这本书时，有个绿海龟的故事令我印象深刻。

书中的绿海龟很聪明，当它前行的方向和海浪相反时，它会选择漂浮在海面上，按兵不动，而等到海浪与自己要去的方向一致时，就加快划水频率，借助浪潮澎湃的力量拼命向前。

这个故事告诉我们，人生没有任何一段时光是徒劳无功的。我们走过的弯路，是为了更完整地看世界全貌。

风来时，就起航；风不来，就蓄力。

很多事情到后面比拼的是"心力"，保护好自己的能量，不冒进、不犹豫、不为外界无关的事所烦扰，只是平平常常做下去，让每一处细缝里都填满时间经过的痕迹。

我们可以像这只绿海龟一样，不浪费任何一段光阴。既去观察和了解自己所处的行业市场，不断向内提升自己，也要有"该出手时就出手"的果决与行动力；既要学会借东风，也要让自己的行动变得更轻盈、可持续。

在寂静的清晨里做个响亮的决定；在流动的人生里，成为确定的自己。

02
万物和你都很可爱

糟糕的是天气,是生活,而不是你。
无论何时,一定记得爱自己。
爱你奔腾灿烂的生命,
爱你澄澈发光的灵魂,
你的存在本身就是绝对的美好。

万物都在治愈你，
先别急着欺负自己 ▶▶ ▶

你心里住着一个人——
她希望你赢，也包容你搞砸一切；
她希望你发光，也陪你走过那段灰色时光，
她就是你的内在小孩，永远无条件站在你身边，笨拙地拥抱你。

一

最近见到我的朋友，都说我和两年前不一样了，说现在的我要自信很多。

我很惊讶，自己完全意识不到究竟发生了什么微妙变化，我只觉得自己没那么拘束了。轻盈许多，更平和、更坚定，逐渐有了一套自己的价值体系。

生活碎屑太多，你要盖自己的楼——这是一种危险而浪漫的穿凿。

大家都知道我现在是自由职业，某种程度上来说，不上班，就是选择了一种远离主流价值标准的生活方式。要自己缴社保，自己养活自己，在寸土寸金的"帝都"支付高额房租，还要时不时应对来自老家亲戚的催婚。

去年家里还发生了一些猝不及防的糟心事，在经济和精神上，几乎把我的能量双重掏空。

最考验人心智的，还属你对自己的评判。当我们行走在一条既定的滚滚红尘大路时，并无太多精力去思考人生，可当你拥有支配自己全部时间的权利时，反而更容易迷失。

有段时间我重度焦虑，整夜失眠，反复揣度自己未来的去向。

很难形容那是一种什么感觉——湿漉漉的，黏糊糊的，就像下雨天里淋过雨，又被扔进一个硕大的空调房里，四周是同样空洞和冰冷的灵魂。这也是这两年我在社交媒体上最真实的感受。

年轻人时常感觉到莫名的"压力大"：这种压力不只是物质，例如房子和车子这么简单，而是一种被裹挟的无力感，使得我们精神紧绷，互联网上层出不穷的人间怪象和混沌的自我认知，导致越来越多的人陷入未知困境。

我就以自身的一些小经历来和大家分享下，我是怎么走出焦虑的。

"自我"就像一头尊贵的野兽，往往栖身于暗处，我们需得在森林之外噤声守候很久，它才肯出来。

等待，本身就是低谷期最大的勇敢。

人的豁达未必来源于成熟，当我们决定做回内心那个真实的小孩，也许这才是唯一的出路。

二

前段时间看到一句话："如果你相当长一段时间都处在一种需要打发时间的状态里，说明你已经离开自己生命中的主线任务很久了。"

把注意力重新放回自己身上，是走出焦虑的第一步。

我们常常感觉自己不快乐、容易患得患失，本质上就是因为我们的眼睛总在别人身上，总期待外界的反馈，总被旁人的评价和社会的定义所干扰。

他们是不是不喜欢我？朋友圈里为什么别人的生活那么精彩？我选择自由职业，我的家人会支持吗？同样做自媒体，为什么人家能出爆款，而我原地打转……

因为我们太在意这个世界对自己的看法了，所以才会不开心。

外界的声音太多了，如果你什么都听，就会"散"，落入情绪阵法，很容易找不到自己的生活重心。我们此刻要做的就是摒弃杂念，先找到自己人生的主线任务，无论是工作、爱情还是兴趣爱好。

当然，对我来说，我的主线任务就是写作。

当你拥有了自己真正想要长期做的事情，其他的一切就自动降级成为支线任务，不会再成为干扰选项。

爱意不必人尽皆知，努力也无须仪式，就是做个痴人，默默做事，所有细微的热情终将翻越荒芜的时间。

三

我这两年最大的感受就是，如果你真的想做什么，去做就好了，不要有太大的心理负担。

活得松弛一点，才能轻装上阵。

你越是把一个人、一件事想得太过于隆重，越是容易用力过猛，受到情绪的反噬；带着玩乐和享受的心态去做，不抱有太大的目的，却常常收获意料之外的惊喜。

这样说，并非贬低"认真"这个特质，而是希望在行动过程中削弱一些我们人性本身的较劲，尽可能去全情投入进去。

心理学上有个有趣的现象：适度低沉的心境会让人维持在一种特殊的稳定与安心中，这也就是为什么当一个人心灰意冷时，反而更容易无所畏惧，更容易做出有效改变。

重要的是行动，而不是一直思考；重要的是享受过程，而非渴求结果；重要的是你做了什么，而不是别人怎么说。

人生就是要低期待，高满足。当我们放下"我执"（佛教中的一个概念，指的是众生执着于一个真实存在的自我心态，被认为是痛苦的根源和轮回的原因），不再试图成为更好的自己时，幸福指数反而更高。

抓住想要抵达的本质，旅途中经历一些波折和困顿自然也能够支撑下去，因为你会越来越爱上这个独立行走的自己。

四

前几天，一个前同事找我，说要给我介绍个可能很赚钱的项目，经过了解后，我发现这件事情不适合我。

如果是以前，我可能会硬着头皮应承下来，而现在，我是向对方直接阐述"我为什么做不了这件事"，以及给到对方合适的建议："你可以找某某这样商业能力更强的人来操作"。

一个人的时间有限，我只会去做我认为值得的事情，然后我突然意识到，我居然不怕得罪人了。

这种微妙的心理变化背后，是因为当下的我确信自己是值得被爱的，自己的时间是有价值的，我信任我的能力，也知晓我的短板。我的每个决定都能够出自本心，而非被动做出。

同时我知道，喜欢我的人无论如何都不会离开我，而认知相悖的人，又何必强求。

去做自己，而不是解释自己。

我们无论做什么工作，和什么样的人交往，单身还是结婚，生活在老家还是"北上广"，正处在蓬勃而拧巴的探索期还是已有自己的一套稳健价值体系，都没关系。

你的人生是你自己的，有且只有一次，朝前看，别徘徊。你不需要活成任何人期待的样子。有人喜欢你，就会有人讨厌你，而往往多数人对你的态度是流动的。

女孩们，别自证，别急于因外界的声音而否定自己，更别在精神上自戕，永远记得"我开心"和"我舒服"才是生活的根本。

再强大一点，爱自己就是件轻松的事。

五

同样都是焦虑，过去我的焦虑是：为什么自己这么差劲？现在我的焦虑是：怎么做，才能更好些？前者是纯粹的情绪发泄，后者是在寻求一个合理的解决办法。

我一直都不是太聪明的人，所以总是试错，总是走弯路，性格本身的"高敏感"和"爱折腾"注定我们这样的人会活得更辛苦一点。

但真的没关系呀，"顿悟"是生长在"渐悟"过程中的，人不是有了方向才能全力以赴，而是全力以赴就会有方向。

成年人的世界没有谁是容易的，各人有各人的晦暗与皎洁，各人也有各人的课题与解题思路。有些课题如果躲不掉，就尽早去面对，这个解题方法不对，就赶紧换一个。切忌徘徊在问题本身，过度思索，停滞不前。行动起来，最管用。

我也不想谈什么别的解决焦虑的方法论，人活着，焦虑就存在，面对命运的箭矢我们无处可躲，那就只能训练自己成为一个敏捷的人，同时多多储备后方的"情绪粮草"，可以是爱、是友谊、是有干劲的工作，或者一个能让你持续获得满足感的兴趣。

焦虑这事没那么复杂，你有目标就努力去追求，暂时没目标的话就先玩，边玩边找自己的人生方向。

有天晚上我和妈妈聊到所谓的"年龄焦虑"，她说的一番话分享给所有女孩："我今年50多岁了，我到了这个岁数，都没有过一次觉得'我的人生就这样了'的想法。20多岁离婚的时候，我没觉得完蛋了；30多岁没钱，靠给人打工我坚持下来了；40多岁才开始经营一家服装店，把你供养读大学，手里渐渐宽裕。我现在浑身充满力气，我还有很多想去尝试的事情。你把自己调整好，生活才会好。以前人常说三十年河东，三十年河西，现在互联网时代，其实是三年河东，三年河西。三年的时间足以改变你的人生，妈妈希望你从此刻的三年起，尽情去做你喜欢的事情，搞砸了也不要紧，只要你的心和爱是完整的，你还是你自己，是妈妈最好的女儿。"

好好享受当下有限的好时光，做个勇敢的大人，这句话的意思是害怕也没关系。

不必觉得艰难的时候很艰难，也不必在幸福降临时觉得理所当然，凡事从长远来看，都是该经历的。

让你的迷茫期，
成为人生的蓄力期 ▶▶▶

好运就像蝴蝶——
当你张牙舞爪东张西望时，它只会翩然远去，
而当你自己足够安宁，它才会选择降落在你身上。

一

阿南坐在我对面，眼神带着一丝窘迫。

"说实话在见到你之前，我想了很多遍，怎么做自我介绍：考研二战的失败者、上不了岸也回头不了头的'废柴'青年、一个人在深圳漂着，不想回老家但也找不到合适的工作……我是不是听起来很失败？"他挠挠头。

我仿佛看到那个刚毕业的自己。我不知道该怎么告诉眼前的年轻人，此刻的迷茫和困窘不会永久跟随你，而我们想要的那种"标准化答案"也并不真正存在。

青春的意义，在于体验，在于探索，在于穿越眼前的迷障后找到那条属于自己的笃定的路。不必着急给自己下定义，当你觉得无能为力的时候，你的人生才刚刚开始蓄力。

换个角度看世界也许会有新发现。

我决定给他讲个故事。

大秦和阿南一样，毕业后两年都没有找到工作。他回到家乡，成为一名"家里蹲"，鲜少出门，整日缩在房间里鼓捣电脑，是左邻右舍眼中的怪孩子。

他们回家，父母起初是很开心，鼓励他考当地的公务员，但大秦并无太大兴趣。第一年，匆匆上场，草草了事，没迎来一个好结果。父母感觉备受打击，整日失眠，为儿子的前途担忧。

大秦表面跟没事儿人似的，看不出情绪的起伏，还是照常缩在房间里鼓捣电脑。其实他内心是慌的，眼看着同学们都陆续进入一个稳定的轨道，他却不知何去何从。

大学的本科专业是金融，但他一点儿都不喜欢，想到未来可能要从事这个工作更是痛苦得不行。考公务员，试过了，失败了，面对亲戚们的叹息他反而有一丝窃喜……大秦隐约觉得，眼前的这些职业方向都不是他热爱的。他热爱的是游戏，是电竞，是在另一个虚拟的世界里创造生命体验。同时他很清楚，这条路在绝大多数人眼里，不仅是弯路，更是歧路。

"哪有好孩子把游戏当职业方向的呢？"他自嘲笑笑，想到这里都觉得脑海里有画面了。

那段时间的大秦躺在青海老家，经常看着外面的蓝天发呆，明明是轻盈的晶莹剔透的蓝，却好似一床吸满水的无形棉被，压得他心头喘不过气来。日子一天一天过去，父母的态度从最初的着急到后面的无奈，看向他时流露出"任其发展"的惋惜眼神，多余的话却一句都不多说了。在大秦看来，他虽然是个被职场抛弃的人，却很幸运，遇到温和的家人，愿意给他一些时间独自成长。

简历还是投了不少。对口的，他不喜欢；喜欢的，要么招聘岗位很少，要么难以入选。

毕业的第一年，大秦的生活就是一部完完整整的"躺平日记"，为了节约生活开销，他开始在互联网上当游戏代练，凭借不错的技术和善于学习总结，很快赚了一些钱。将钱交给父母时，爸妈一脸疑惑的表情，他连忙摆摆手说："这是我劳动赚的合法钱，你们放心收下，就当我的房租了。"

爸妈感到很欣慰。和钱多少没关系，大秦用行动证明他不是真的想"啃老"，而是在用自己的方式去探索。

二

自那之后，大秦的生活逐渐发生微妙的变化。

既然找不到一份合适的工作，那为什么不自己创造一份工作呢？

有了这个想法后，大秦静下来开始思考，一个啥都没有、刚毕业的大学生凭什么创业？

要钱没钱，要人没人，而且他所理解的"创造一份工作"和"创业"还是不同的，他没打算通过投资和组建团队去成立工作室，他只是想用自己的兴趣爱好来开拓一条赚钱的路。

退一万步讲，就算这条路最后行不通，也不算虚度光阴。让职场空白期变得更有价值，这也是一种职业目标。

毕业后第二年，大秦没有再像无头苍蝇一样胡乱找工作，回望一路走来的自己，试图与内心那个真实的自己对话，"我想弄清楚我想要的生活到底是什么样的"这个念头越来越强烈，甚至成为大秦每天一睁眼就在思考的事情。

他意识到，这段无人问津的日子，或许是生命中一个绝佳的拐点，是悠长假期，是迟到的成人礼，也是打破常规重塑自己的契机。

拥有持续成长的能力，比当下的获得更重要。

他的电竞副业在经过一年的摸索下已经趋于稳定，他发现自己是真的喜欢游戏。不是单纯喜欢玩，而是喜欢研究游戏里的价值观。

他喜欢在陌生世界与另一个人、一群人深度连接的感觉，也喜欢不断创新，不断突破自己……这也是他从青春期开始唯一能自然坚持下来的事情。在游戏中，他能感受到心流的存在，甚至还会研究游戏里偶尔出现的bug（程序错误）。

后来，他把自己的游戏过程、游戏心得、游戏解锁技巧、游戏bug体验都用短视频的方式公开表达了出来。因为喜欢，所以能够全情投入；因为喜欢，所以能够持续输出。虽然不露脸，却也得到了不少网友的喜爱，社交媒体上的粉丝量随之增长。

在他最迷茫的时候，通过记录和表达，既打捞起少年湿漉漉的灵魂，也误打误撞用热爱闯出一条别具一格的职业成长路径。

就这样，足不出户的"怪小孩"成了互联网世界里的游戏大神。

现在的他不用再干陪练，而是把更多精力放在了游戏解说上，成了一名专业的游戏类自媒体博主，真正做到了靠热爱养活自己。

三

真正的强者，不会被浪潮淹没。纵有疾风起，人生不言弃。

大秦在确认"游戏"就是他的热爱之后，他做了大量的工作，记录整理每天的游戏过程，翻遍历史和科技的书，只为了解游戏背后的世界，甚至还自学了编程和英语，只为更好地研究和输出。无形之中提升的技能，是比流量更珍贵的存在。因为一个人做事情，没有团队，从策划、拍摄、剪辑到后期的自媒体运营，都是靠他自己，一个十几平方米的卧室愣生生被他改造出一个神秘的"游戏空间"。这方天地，既是他的工作室，亦是他灵魂的栖息之地。

在家乡，他依然是那个性格孤僻的无业游民，但渐渐地，大家发现这个孩子很有自己的个性，能养活自己，能帮衬家里了，虽然不上班，却拥有一份物质与精神双重丰盈的工作。

纵然在传统的文化语境里，父辈们仍推崇朝九晚五的工作，可实打实的广告费两年就能攒到一套小城住房的首付，何乐而不为。

除了自媒体之外，还有游戏公司朝大秦抛来橄榄枝，国内头部的游戏公司邀请他去做游戏运营，开的薪水很不错。

这是大秦刚毕业的时候想都不敢想的事情，跨专业、无背景、没有从业经历，怎么可能进入一线的游戏公司呢？

谁能想到，走了这么多弯路，失眠了那么多个夜晚，无数次堕入"我是个废物"的自我怀疑旋涡，最终从低潮期里生长出的野草，坚实地接住了路过的每一寸阳光。

"后来呢？"面前的阿南一脸兴奋，忍不住问道。

"后来啊，你猜？"

其实经过这两年迷茫期中大量的实践、学习，一个人在创业中处理情绪起伏和进行心理建设的经验十分宝贵，非常确定的是，大秦的职场能力并不比上班族差，而他本人最珍贵的是，形成了一套从 0 到 1 由自己独立搭建的世界观。

拥有足够的耐心、敏锐的洞察力、强大的执行力，这样的年轻人，无论怎么选，都不会错。

而当我们为其骄傲时，别忘记真正值得掌声的是两年前的他。那个失业、找不到工作、没有人相信他的男孩。

峰回路转，转的是你的心态。

见的人越多我越相信，这个世界上唯一的贵人只有你自己，强大并非天生，好运被拽到我们眼前时，反而有可能是"甜蜜陷阱"。

相反，那些经过打磨、淬炼、受伤的灵魂才更有深意，在亲身经历中洗刷掉年轻人的傲慢同时建立起独特的意义感，这是每个毕业生都将面临的课题。

眼前的考研失败、求职瓶颈都是暂时的，当你把时间的维度拉得足够长，或许有一天，你会回来感谢此刻的自己。

当然，这个前提是再怎么沮丧，也要去做事情。

我特喜欢罗辑思维和得到 App CEO 脱不花的"鲁莽定律"，大意是，成长路上总有许多左右为难的事，那么，你现在要做的就是确认自己的心意，放弃假想和推演，立马去做，大胆去做。

要知道，人生永远没有"准备好"这么一说，先搞起来，你就成功了一半。

在青春的这条老街上，一切都熙熙攘攘，你不必理会四周的鸣笛声，你只需看清楚眼前的红绿灯，红灯时感受耳边的风，绿灯时举着手里的冰激凌大步向前，就算奶油滴在了手上，也别急着停下脚步去擦拭，先让自己穿过这条马路，前面有更漂亮的风景等着你。

听到这儿，阿南忽然说："我好像没那么焦虑了，虽然我不知道两年后的自己是什么样子，但我知道，只要我的步履不停，人生这场游戏的大门就会一直朝我敞开，等我'升级打怪'回来时，我也要给你讲讲我的故事。"

是的，蝴蝶只管飞舞，掠过村庄、穿过城市，带着轻盈的游戏心态穿越生活，命运会带你去向该去的方向。

我值得一个更大的梦想，
即使它失败了 ▶▶ ▶

梦想是可以更换的，
改变并不意味着推翻过去的自己，放弃初衷与坚守。
真正的勇敢是对自身的笃定，
是你相信降临在时间轴上的所有变化和未知，
都无法摧毁那个真实的自己。

第一次见到泛函，是在某个线下活动。

我受邀去做公益分享，作为一个不太出名的作者，在互动环节我介绍自己出版过的书籍时，一个男孩举手说："我看过你的书欸！那本《你可以活成自己喜欢的模样》曾是我的睡前读物。"

说话的男孩在人群中并不显眼，身形单薄，穿一件普通的白T恤，说话时却很有魅力，叫人挪不开眼睛。

他说自己是大学生，是"逃课"出来的。

对他来说和有趣的灵魂碰撞整个下午，得到的信息密度要比课堂更实用。

在泛函身上，我开始重新理解"叛逆"这个词。

过去我们以为只要不符合主流教育价值观的孩子、不听话的孩子就是叛逆的。

事实上，叛逆，有没有一种可能是追求梦想的前兆？是我们内心对这世界热忱的一种表现形式？

某种程度来说，这个00后特别像拿了逆袭剧本的"龙傲天"，平凡、勇敢、无畏，动不动就为一件事情热血沸腾，身上有种致命的迷人的"中二病"，用新生代年轻人的探索方式，对旧世界里的"自我"进行一场拆迁与重建。

他的高光时刻不是多优秀、多赚钱，而是实现了青春的巅峰体验。和所有人一样，他曾拥有诸多梦想，但都付出了行动。

他在大二这年，选择删掉所有课程，去大厂实习。

他是学校里的"边缘人物"，却是自己热爱舞台上的绝对男主。

"少年"这个词包含的另一个意思是，富有想象力和创造力，没有被框进世俗的既定标准里。

他的思想很多元、很宽广，带着自己的"中二"与无邪，是少有的不会被角色设定和环境影响的人。迎着风，灵魂总有飘起来的那一刻。

二

我们坐在朝阳大悦城的麻六记，两个不太能吃辣的人，跃跃欲试点了口水鸡。

泛函自嘲道："在 20 岁之前，我一直觉得自己是个连续失败者。"他不好意思地笑笑，挠挠头。

眼前这个男孩出生在广西一个普通的家庭，父母给予了他足够多的爱。他从小就是一个好奇心爆棚、想法多，什么都想试一试的男孩。

小学的时候，他的偶像是李小龙。他迷上武术，特意去了专门的武术学校学习，每一拳，每一脚，都是男孩的英雄梦想，高度的体能训练使他身体倍儿棒；到了中学他喜欢上打篮球，为了能在校队里争到一席之地，他每次训练都提前 1 小时到球场练习投篮，个子小小的他，在夕阳下影子被拉得高大，永远是在奔跑和弹跳之间，保持向上的姿态。

他对这个世界抱有极大的热情与赤诚，但并未换来所谓同等的回报——学武术没有得奖，喜欢篮球也不能朝这条路走下去，但这些在未来却都变成逆袭的伏笔。

高二那年，泛函有了新的梦想——去更大的世界看看。

"晓雨你别笑我，我换梦想换得挺勤的，但我觉得我值得拥有一个更大的梦想，即使它失败了。"

梦想是可以更换的，改变并不意味着推翻过去的自己，放弃初衷与坚守。真正的勇敢是对自身的笃定，是你相信降临在时间轴上的所有变化和未知，都无法摧毁那个真实的自己。

尽管身边亲戚同学都在劝说他留在省内读大学，但他铁了心要去更远、更广阔的天地试试看。

当时以泛函的成绩，并无太多把握考上北京的学校，于是他做了一个超离谱的事情，买睡袋！这样，每天中午能挤出半个小时的学习时间。

他干脆将一个睡袋放到教学楼侧旁的楼梯里，当正午的日头落下来，知了都倦怠不再出声，他就躺在睡袋里，抱着书，看得津津有味。困了就睡，醒了就读，别人都觉得这样的日子很辛苦，但对于从小学武术和打篮球的泛函来说，高考对体能和心态的考验，对他来说，反而较平常。

高三一整年，他在学校出了名。

"那个同学好怪。"

"他的睡袋好有趣，这种学习方法够拼的。"

"不然我们也买睡袋在这里学习吧，能省出不少时间呢。"

一来二去，学校有了一道壮观的风景，越来越多学生带着自己的睡袋来到泛函的"秘密基地"，他的创意、新奇和无畏感染了身边好多同学。

回头想想，这样的青春奇观，这辈子我们可能也很少见到。

"可，生活不是童话故事，不会因为你的努力而强行满足你的愿望。"他说。

泛函最终的高考结果并没有像电影里演的那样使他扬眉吐气，焕然新生。他的成绩比平时模拟考只高了几分，没有奇迹发生。他连理想中的985、211都没考上，可那又怎样？

"我已经尽力了。不是说结果不重要，而是在我看来，那些在过程当中进化出来的能力，才是附在你身上真正的成长。我有过无数数不清的梦想，并且追逐它们的路上一次次狠狠地跌倒，但这些并不影响我追逐自己新的人生。每一次，我都愿意付出百分百的力量。"

快乐比胜算更重要。

这个世界的规矩那么多，我只遵从我自己内心的声音。

三

高考后，泛函如愿来到北京。用他自己的话说："虽然是'双非'，但是自己喜欢的大学。"

专业是统计学，业余是"折腾达人"，他开始在校内外，用自己的方式去探索新的人生，和同学合伙搞创业项目，翘课出来参加"数字游民大会"，趁寒暑假抓紧时间实习……

他在学校里依然我行我素，无惧不合群。

"我非常享受独处的时光，一个人自习，一个人吃饭，一个人打球，仿佛是在进行专属的秘密项目。"

在和泛函的对话过程里，这个 00 后用他的热血与快乐，一直点燃着我。

当下互联网上"内卷"当道，新一届毕业生充满迷茫，打工人集体面临瓶颈转型的日子里，这个平平无奇的少年显得格外平静。他的通透来自他永不止息的探索，他会想办法找路，而不是等着路修到家门口。

一个 20 岁出头，即将大学毕业的人，按理说正处于"迷茫期"，相反，在他身上没有太强的焦虑感。大家都是"别人有什么我就要有什么"，而他是"我想要什么，才去追逐什么"——不焦虑的本质是忠于自己。

泛函不想去迎合这个世界，也没有去要求这个世界，只是按照自己的节奏来生活。

当你能做一个更坚定、更诚恳的人时，就能从根本上影响别人。这是我非常欣赏的泛函身上的特质。

大二上学期，他做了一个"冒险的决定"，删掉所有的课程去互联网公司实习。

在特殊时期，大多数时候都在上网课。

"有一天，我看着网课的屏幕，突然感受到了一种很强烈的虚无感。"

就在那刻，他做了一个决定，决心要花至少一个学期的时间去丰富自己的职业体验，去真实的世界中，经历一些真实的故事，做一些更具体的事情。于是他主动找到自己的专业导师去沟通，讲述了自己的想法，争取到校外实习的机会。

他开始去做一些小项目，去创业公司实习，后来惊喜拿到了某个互联网大厂的 offer，克服了各种困难，在那里完成了一段五个月令他印象无比深刻的实习生活。

"大半年过去了，此时此刻的我坐在市场营销课的教室里，看着老师讲着演示文稿里的概念，感触颇深。你会感觉那些东西不再是书本上的信息了，而是一个个曾经扇在你脸上的巴掌。每一页文稿都能让你回忆起三四个曾经你亲临现场的传播故事和事故，以及五六个来到你的生命长河里，给你上完一课又匆匆离去的人……"

泛函在那个互联网公司经历了很多，他作为先锋 00 后和某位业内大佬一起参加活动，这段高光时刻的视频在抖音上有 6.7 万播放量。

"你是怎么进入大厂的呢？"

泛函笑笑："说实话，我从来没找过工作，但拿下了多家公司的 offer。"

他给我翻阅了他的手机百宝箱，里面有各种新奇的应用软件和他日常记录的鬼点子。

"我找工作不靠投简历，而是有自己的'野路子'，比如我会加入很多高质量青年社群，把自己的拍一拍昵称改成'你拍了拍泛函并打算给他介绍一份工作'，大家觉得有趣，能记住我，重要的是老板有需要的话真的会来找我。我做了一份详细的个人说明书，打破传统求职简历，里面有我的履历、我的视频、我曾经做过的所有作品。遇到自己喜欢的人就要狠狠夸，大胆私信，这些前辈未来说不定都是你的 BOSS（老板），只有当你发自内心热爱一份工作的时候，才能打动坐在你对面的那个人。"

不是为了大厂的光环，他是真的想要在未来成为一名合格的产品经理而去"取经"的。

"大家都说大厂太'卷'了，但我的真实感受是，你要知道自己工作的价值，而不是被工作牵着鼻子走。"泛函说，"当你做着自己喜欢的事情，每天都能看到小进步，清楚自己未来的方向，就不会再焦虑和迷茫。"

只有一直准备着的人，才能接得住机会。

四

泛函的自我探索意识觉醒得很早，从他上大学开始，就在用一种"清零思考法"，经常反问自己："假如从今以后我不上学了，我能去做什么？我想去做什么？"

用泛函的话说，复盘能带给人勇气。如果没有复盘的习惯、不懂自省的话，你会期望你做的所有事情都必须成功。你会默认，如果这件事不成功，你所有的努力都会白费，而当你能够平和清醒来看待这一切时，反而会对失败包容很多。

"因为一旦失败，我们就有了复盘的素材，就有机会获得新鲜的一手经验，从而你会获得勇气，开始一次崭新的尝试。先试试呗，大不了多复盘几次，总能找到正确方式。"

我俩忍不住碰杯。

我问："你觉得00后是在做自己吗？"

泛函想了想，说："我觉得这是从一种偏见到另外一种偏见。互联网上经常说00后'整顿职场'，是从过去对老板唯命是从到年轻人动不动顶撞领导、裸辞、跳槽，这是一种过分偏激的形容。00后是年轻，但00后不傻呀。"

事实上，在真实的00后群体中，他们的任性并非一种反抗，而是一种遵从本心的现状。

泛函非常感谢自己的历任领导，他提出一种很新的职场观点分享给大家：老板就是你最好的资源。

"当你选择了一份工作，就要去相信你的合作伙伴。你遇到问题是可以示弱的，是可以求助的，没必要加班加点自己克服，有时候只要你说出来，可能前辈们很快能够帮助你解决掉。提需求，共同攻克难题，这是促进职场友情的最佳方式。"泛函接着道，"很多人说不能和同事做朋友……天哪，我是没有办法理解这个观点的，既然我们要一起工作，那咱们肯定是好朋友呀。"

老板不是你的敌人，同事也不是你的竞争对手，你们是一个团队，是要分工协作的。

"我很喜欢我之前老板说的一句话，她常说，你们不应该比谁下班走得晚，而是应该比谁下班走得早。"

高效，本身是一种美德。把眼前的小事做到极致，你的人生方向自然就清晰了。

我问："如果要对自己说一句话，你会说什么？"

泛函顿了顿，笑着说："你已经很厉害了，感谢你对自己的付出。"

真好，这个回答才像是拿了"逆袭剧本"男主角的回答。

人生在世，最该感谢的人就是自己。

"中二"的本质是一种"相信"，相信真实，相信当下，相信青春所有的碰撞与可能性，

相信这世界有光，相信在我们平庸的生活背后，命运为每个人都准备一个神秘的礼物盒子，会在某一刻开启。

采访快结束时，我们提到彼此第一次的见面。

泛函说："晓雨，你知道吗？你对我最大的帮助是在那一场分享会上，你提到'什么是你喜欢的事情，就是那些你忍不住去做的事情'，从那之后，我开始有意识地观察自己，当下的热情到底在哪儿。好几年过去了，我发现，原来那些我以为不务正业的事情，最后反倒成为我的核心竞争力。"他很真诚地看着我的眼睛说。

那就去做吧，去尝试吧，横冲直撞就是捷径本身，泛函的"职场热血番"，才刚刚开始。

允许自己普通，
但一定要足够可爱 ▶▶ ▶

不要浪费时间去想别人怎么看，
专心阅读、写作、创造，直至成为自己。

一

好友 W 小姐要去英国读书了，我在微信上问了她离京的日子，很遗憾，可能短期之内我们无法见面了。但我很替她开心，换个环境，人会滋生出许多奇妙灵感，新的旅程势必带来不凡的经历与契机，尤其是人在工作以后，再去读书，其实像是后青春的一段修订期。

出版图书都要经过"三审""三校"，一审、二审、三审分别由责任编辑、编辑部负责人和出版社正副总编辑来进行审阅，可以说人生亦如此，高考是一审，工作是二审，建立家庭关系是三审，每个阶段的起承转合之间都可以对过去的自己进行审读，查漏补缺，随时纠正自身。

而在经历过职场生涯后，选择重新投身于学校，其实会获得更细致的经验补充。人在工作中锻炼出的目标性和反应能力放在学习上，会有事半功倍的作用。

她说，她去年就申请了学校，但还是留在国内的媒体公司工作了一年，算是 gap year 吧。

W 小姐是个敏感度很高的姑娘，看她的文章，有时会惊讶于她看待事物的理性，有时又忍不住对她那种可以随时随地捕捉灵动生活气息的能力和感染力感到好奇，尤其是她身上那种"永远热气腾腾"的状态，叫人充满靠近的欲望。

那天早上，我们两个人聊起彼此的人生目标。她说很羡慕我读书早、工作早，可以多出一些时间积攒社会经验。我感到十足羞愧，虽然比别人早进入职场，但这两年我已经感觉到了明显在原地踏步，上升的速度变得非常缓慢。还是觉得自己不够努力、不够优秀，不清楚自己到底想要的是什么。

W 小姐说，她也是，好像目前这个阶段，许多人都无法说出自己特别擅长的领域，或者特别喜欢的东西，所以只能尽力去尝试不同的活法，去工作、去旅行、去留学，尽情折腾，增强自己抵抗风险的能力。

有些人，从很早以前就知道自己想要的是什么了，但我们不是。我们只是普通人，不是那种天资聪颖、在很小的时候就能有清晰的自我认知的人，所以只能在成长过程中，去不断地尝试、经历。

"体验派青春"注定不会一路顺畅，但辗转反侧的人生也有它的迷人之处呀，层峦叠嶂之中自有来日的白云可期。

在年轻的时候，不要害怕把时间花费在筛选上，因为这些选择所赋予你的可能性和想象力，是收获的果实，也是漫长岁月坐标轴上的朱砂痣。

武侠小说中经常有这样的桥段，主人公豪情壮志要去寻找天下第一的武林秘籍，踏遍万水千山，带着千疮百孔的身体归来时，意外发现秘籍就藏在自家后花园。

那这一切的奔波都是徒劳吗？不，如果不是他追逐到天涯海角，也不会想到回到出发的地方。

人这一生中，最明亮的一天并非"成功"那天，而是从深深的绝望和彻底的毁灭中走出，迎上自我的那天。

二

我自己的成长经历够折腾的，大学时候学的是新闻，但私底下考了很多貌似和专业完全不挂钩的证书，现在想来做这些完全是盲目的填充时间。

毕业以后工作换了好几份，做过内容，干过运营，在媒体和互联网公司里都待过，跟工作能力强、情商高的人共事过，也曾带过氛围懒散、同事们每天"摸鱼"的团队，做过一些还不错的项目，但也时常被高压的快节奏搞得心情一团糟。

从执行者做到管理层，我慢慢发现自己实在是不适合那份工作，后来就辞了。那是我经历过的最舒适的工作环境，待遇和福利都不错。

辞职以后，我有过小小的遗憾，但我知道再重新让我选择一次，我还是会选择离开，虽然我不知道自己要什么，但我清楚自己不要什么呀。

动漫作品《银魂》中有一个常年失意的角色，是个"废柴"大叔，用现代人的眼光来看，可以说是"成年人式'丧'的典范"，一事无成，又常常语出惊人。

比如这一句："人啊，根据重新振作的方法，大概可以分为两种。一种是看着比自己卑微的东西，找寻垫底的借以自慰；

另一种是，看着比自己伟大的东西，狠狠地踢醒毫无气度的自己。我属于后者。"

对镜映照的激励方式固然可取，但我要提醒：别人的成长模式只能参考，不能复制。

比起互联网上那些振奋人心的短视频里的故事，遵循实际情况和自己的心意更为难能可贵。

三

普通人其实很少有那么多逆袭的传奇，大概从两三年前开始，我就很少写所谓的"励志文"了。

过了那个阶段了，过了从大学毕业到初入职场的这段最容易迷茫挣扎，也最容易意气风发的时候了，很少再遇到那种精神世界纯粹的热血沸腾的时候。

我从来没有对写作这件事有过太多企图心，比起阅读量，我更在乎的是及时表达。

16、17岁那两年在机缘巧合之下，我的许多成长类文章被一些新媒体大号转载，那些触底反弹的经历，后来无意中鼓舞了许多人，也让我始料不及。

社交媒体上蜂拥而来的读者，有时会问我很多关于"人生目标"的问题，问我从什么时候开始写作的，有没有考虑过市场需求和读者喜好，以及在爱好与职业之间遇到冲突时如何做到平衡……老实说，每次收到这些提问，我都觉得惶恐不安。

因为我自己的经历太有限，见识太贫瘠，所看到的天地还不足以窥探命运的轨迹，只得把自己一些寻常的经验和大家分享。

写了几本励志书的我，其实活得一点儿也不励志。

不够自律、特别悲观，大家都说"努力的过程高过于努力的结果"，但谁都知道，没有反馈的付出很容易摧毁人的自信和继续前进的动力，有时候走了很久路的我，也很崩溃啊，觉得是不是自己的坚持毫无意义。但仔细推敲，又会觉得是自己还不够全力以赴，没有资格无病呻吟。

过去，我常常在安慰完那些深夜里恸哭失眠的人"睡一觉就会好的"之后，陷入漫长沉思。

言语的劝慰，到底是不是望梅止渴？拿我自身的情况来看，好像比起借助外在的力量以及短暂性的逃避行为，唯有"去做点什么事情"才能打消我的不安与烦躁。

一个人的自我认同是从自我怀疑中筛选、提炼、组装重塑的。

执行力太弱、三分钟热度、心血来潮的创意 idea（想法）总是挨不过要和实际行动相匹配的蜜月期——这些都是年轻人在追寻人生目标中，容易遇到的状况。

我也经常会被那个过于懒散的自己给气得不知所措，但静下心来，还是觉得，只有实际的前进才能靠近自己想要的人生。

比如今天的我，很想晚上舒舒服服躺在床上看一集电视剧，但想到自己立下的"每天都要记录点什么"这个 flag（目标），又耐着性子从床上爬了起来。

自律的本质，是一种清醒。我想，比起做梦，我们更需要的是在实际操作中重拾活着本身的成就感。

不断尝试，不断折腾，是普通人找到自己人生目标的一种办法。

虽然笨，但亲测有效。

我要和喜欢的一切在一起 ▶▶ ▶

做个鸡毛掸子，朝这破烂世界挥过去，
打扫干净内心的状态——人生海海，我自己才是岸。

一

实不相瞒，我在一部分人眼里是"异类"。

不上班，没车、没房、没结婚。北漂七年，有笔不多不少的存款，在还算不错的地段租着价格不菲的一个小空间，与此同时，老家的朋友都已差不多结婚生子。

用网络上那句流行的话说："小时候总听说有个远方亲戚，在外地工作，不结婚，也不回家，不知道在干吗……"

而今，我自己成了那个亲戚，但这种生活真的不要太爽啊！

我还没有丧失波涛汹涌的热情，对这世界伸着自己小小的敏感触角，从那个自卑悲观的少女逐渐成长为一个明亮、爱笑，能够包容些许痛苦和脆弱的半熟女性。

依然喜欢犯傻，舔舐生活的那一丁点辛辣。

我开始比任何人都了解自己：我要快乐，就在此刻。

二

日子一碗碗端来，乏味或丰盛，全靠我们自己咂摸。

最近有两件小事特别触动我，一个是某天吃完晚饭，在青年路附近一家热闹纷呈的泰式大排档里，我和好友坐下，惊讶地发现，服务员大半都是年过半百的阿嬷，她们脸上洋溢着笑容，贴心地帮我们把衣服和包包放进了竹筐里，负责我们桌子的阿嬷担心我们手机溅到油，特意送来手机套。

我手里还抱着几捧读书会活动的玫瑰花，临走之前，我特别想去和阿嬷道一声谢，但羞涩的我走出门外依然没有勇气告诉她。好友鼓励我去把鲜花送给阿嬷，我顿了一下，然后飞速跑回店里，刚好看到阿嬷在收拾我们的桌子，我把玫瑰花递给她说："谢谢阿姨，希望这束花可以给你带来好心情。"

阿嬷扭过头，眼睛亮亮的，笑得更开了，身子倾过来给了我一个大大的拥抱，然后用方言朝我说些什么，我没有听懂，但她的开心我扎扎实实感受到了。

我已经不记得阿嬷具体长什么样子了，但她的笑容真的很灿烂，像疲惫生活里的一束光。

另一件事则比较"乌龙"。前几天，我和摄影师杨炸炸在鼓楼附近"面基"，虽是多年社交媒体上互相关注的网友，我还邀请他在我的读书会做过线上分享，甚至视频连线时还喝过酒，但现实中，我们却始终未曾谋面。

这次赶上他从大理归来，短暂小憩，我们便约在了一家酒吧。去的时候还是下午，店里人很少，迎面碰上一位戴渔夫帽的少年，我试探道："杨炸炸？"

他手指轻点:"喏,他在那边。"

我看到坐在吧台上一位男子,肤色偏古铜,眼神透亮,一手拿着馒头一手拿筷子扒拉碗里的土豆丝,我上前坐下便说:"不是说好了晚上一起吃饭吗,你怎么先开动了?"

对方愣了愣:"现在给你再添双筷子就成。"

他看到我和立杰(同行朋友)手里拎着的鼓楼馒头,哈哈大笑:"原来你也爱吃馒头啊,我们山东人都爱吃馒头。"恰巧立杰也是山东人,我们三个人聊得热火朝天。

我还记得上次连麦分享时,杨炸炸说他是山东人,没承想,我们一群"碳水控"竟如此聊得来。

过了一会儿,站在吧台里的酒吧负责人忍不住憋笑,指了指我身后的方向,一个戴着灰褐色帽子、身形偏瘦的男子正歪头跟我打招呼:"晓雨?"

这人说话的声音和标志性的眼镜和视频里一模一样。

我这才知道,我认错了人,和我聊天的大哥原来是店里的调酒师,对方一头雾水,还以为我是故意搭讪……

当天,我和杨炸炸、立杰三个"社恐"少见地话多,天南地北漫不经心地聊。

走在北京初秋的胡同里,暮色四合,二环的微风温柔吹拂,画面静谧得叫人不忍心打破。

杨炸炸比我大一些,他走的是一条更"小众"的路,远离城市,常居大理。

我们这类人于社会主流稍显偏颇,都是不喜紧密的人际关系和过分紧绷的生活环境,有能力养活自己,但没有办法朝着所谓"成功人士"的模板前行。

我知道,这些话说出来有些叛离我们的父母,叛离我们从小接受的教育，叛离传统意义上"什么年龄干什么事"这种约定俗成的文化语境。但没关系呀，这世上优秀的人太多了，我们做自己就好。

做自己喜欢的事情，谈中意的恋爱，活跃在心仪的城市，和舒服的人相处，这就够了。

坚定的力量里藏着生活的答案。

三

人生没有性价比，每一种选择都在创造意义。

在我看来，并非"赚得多一定是好事"（可能以牺牲身体健康为代价），也并非"一事无成就是垃圾人生"（"躺平"期也是蓄力期），理解这些就不必再为物质焦虑。

客观看待所谓的"成功者"，不能忽略背后的家庭、性格和运气的差异，无须模仿别人的成长轨迹，而是以开放的心态探索共性。

《金钱心理学》书中道：长期成功经营个人财富的人并不一定有着高收入，他们的一个共同点是，完全不在乎别人如何看待自己。

培养赚钱能力，比眼下赚多少钱更重要。

不久前分享会上有朋友问："晓雨，你实现财富自由了吗？你认为赚多少钱才算财富自由？"

我答："我已经实现财富自由了。"

因为我理解的"财富自由"不是赚几百万、几千万，而是每天早上起床，我都能做自己喜欢的事，我的时间由我自己支配，我在持续不断地创造价值，我的生活由我掌控。

创造财富的最终目的也是为了过理想中的人生，而此刻，我正在过，那不就够了吗？

我现在的主业是写书，副业是做自己的写作 IP 私教和读书会，还和朋友们合作各种新奇的内容项目。

恕我直言，我的底气并不来源于单纯的物质，而是对自身能力的判断，所处行业的优势，以及自己对写作的热爱和决心。

我从不鼓励大家随便裸辞。我不上班，是因为即便不上班，我的收入来源和发展空间并不受限。相反，我的职业属性很适合"只工作，不上班"这种低成本模式。

我生性是一个"情绪阈值"比较高的人，心大，对事物的承受能力相对还可以，我也不太会把不上班这件事看得很沉重。

人生就是一个阶段一个阶段的嘛，提升个人能力最重要。

我现在对自己未来要走的路越来越清晰了，就像拼一个魔方，刚开始手足无措，后面渐入佳境，当你完全集中注意力在自己身上后会产生一种奇妙的心流，电光石火般摩擦出光亮来。

其实，很多工作只需要三到五年就能掌握所需的所有技能，我们要做的不是重复使用自己的技能，而是把"工作"当作一个生命体，尝试与我们的经验和憧憬所结合，让它成为自己的一部分。

焦虑是个好东西，你循着这个引发你焦虑的方向深挖下去，一定可以找到自己想要的东西。

年轻人不用过分"反思自我"，畅想、只计划不行动、做白日梦，都是没用的。长期主义，都是赢在执行力上。

四

在我看来，"要不要结婚""什么时候结婚"这些都不是我人生的重点课题，保持爱的能力，才是对抗平庸生活的底牌。

我向来是最不赞同为了结婚而结婚的，许是生活中的确见证了太多案例，窸窣的时间缝隙里，我希望耳畔听到的都是动听的轻松美妙的声音，而非互相抱怨的叹息声。

有一句被说得有点滥俗的英语："I love you not because I need you, but because I want you"，翻译成中文是：我爱你不是因为我需要你，而是因为我想要你。这个"需要"和"想要"之间的区别，前者描述的是更像是某种物件，后者描述的才是独立个体。

我眼中的爱，并非因对方能带给你什么，而是因你就是单纯地欣赏他、喜爱他这个人。

爱本身就是一种满足。

有时候我会觉得，好好喜欢一个人，就像读一本书。"婚姻"则更像是一张书皮，它是精致的、漂亮的、体面的，但我们不能为了一张书皮而去读一本书，而是拥有一本书后，再考虑要不要用"书皮"这种形式去保护它，可惜世人往往本末倒置。

讲个有趣的，自从我开始做线下读书会，我发现这年头有意思的人可太多了，来参加读书会的朋友可真是形形色色：有公司职员，有主职研究"核"、副业在搞心理学的朋友，有长得像某明星、本职工作竟然是芯片研发的大美女，还有1999年生的"小朋友"，说她来北京的心愿是"可以用第一个月的工资去环球影城玩儿"……这些真诚的、炙热的、充满个性的人，让我逐渐意识到，我们的人生不该被孤立地静止地看待。

某种程度上，我们所有人都是一体的，每个人都是在替平行时空的"另一个自己"尝试新的可能，所以我想和看这本书的你说，不需要被什么"年轻人多少岁就该……"的话语所桎梏，要勇于质疑外界强加给我们的所有标准，没有该与不该，只有你自己想与不想，一切外定的轨迹不过是辅助我们找到人生方向的工具。

年龄只是人类创造的虚拟单位，站在更高的维度来看，保持独特和鲜活感，才是活着的浪漫。

不必太急切，野蛮生长也很好。

打破世俗定义，风可以去任何地方。

你要让别人爱你，要做的不是讨好，不是委曲求全，不是刻意伪装成他想要的样子，而是在所有嘈杂的声音里坚定地成为自己；你想要获得更多合作机会，不必进行所谓的"向上社交"，而是要踏踏实实做好手边事，用实力带来人脉，才能获得真正的尊重；你想要让自己每天进步一点，再快乐一点，就放下手机，放下与外界的对比，放下心中的执念，去阅读，去写作，去和有意思的人聊聊天，去楼下的公园看看落叶，回到大自然与真正的灵魂本源中去，和自己喜欢的一切在一起。天地素静，而我心摇曳生姿。

你经历的所有困顿与活力里，都藏着新的自己。

万物都悲伤，但阳光不会离去。终有一天，你会在清风明月间，获得对生命的解释权。

03
在心里种花，人生才不会荒芜

每个人的心里都有一个小花园，
种下什么样的花，就会结出什么样的果。
在心里种下快乐、喜悦和勇气之花，
收获一个生机勃勃的自己。

人生就是，急也没用 ▶▶▶

所有事都是一件事：做自己，
如果还有一件事，那就是：好好爱自己。

一

前段时间和一个前辈吃饭，对方在知识产权领域算是国内顶尖的律师了。

认识他的时候还是 2014 年，那时我在《中国周刊》做实习生，他接了当时在国内轰动一时的某个案子，我去采访他。彼时，他是"业界新贵"，谈吐如流，意气风发。

这些年我们没有保持高频次的联系，偶尔聊天，大多数时间停留在"朋友圈点赞之交"。

我日常经常在各种新闻上看到他的名字，知道他开了律所，身边集结各路社会名人。也听说当初他代理的那个案子后来被评为中国十大知识产权案件。

一个笃定的、优秀的、看起来无坚不摧的前辈形象，是我对他的全部感知。

那天吃饭聊起这些来，他听得哈哈大笑。从他那里，我听到一个完全不同的故事——原来我们刚认识的时候他正处在职场瓶颈期，做了三年律师，但尚未站稳脚跟，距离行业内真正的优秀代表还相差很远。

"你第一次来采访我时，也是我第一次正式被采访。那个时候我怀揣着一身鲁莽的热情，但事实上，我并不知道将来的路要怎么走。有段时间律所效益很不好，我都想到了转行。"

他给我续上了茶水。

聊起当年引起全民争议的那个案子，那是他事业真正的起点。在他工作好几年之后，他才独当一面接下了那个案子。

当时没有人知道"那一战"会胜利，会在这个领域的湖面投掷下惊雷，而所谓的声名大噪，不过是媒体的马后炮。

"所以你知道吗？当你不知道该往哪儿走的时候，走好眼下的每一步就可以了。"

成长就是一场从量变到质变的博弈，因为你无法确定质变的那个节点到底在哪儿，最好让自己时时刻刻保持在量变的在线状态。

那些优秀的人也曾迷茫过啊，当你感觉不轻松的时候，或许就是"质变"的前兆。

面对前辈的真诚，我也毫不隐瞒，分享了自己当下的状态，其实我正在经历一个漫长的困顿期——毕业已过五年，工作和生活突然停滞下来，一切都走得很慢。

刚步入职场那两年的冲劲儿、噌噌噌地往上爬的心气儿，就像节日后干瘪的气球逐渐变得软塌塌的，失去年轻人该有的弹性。

青年大概都会经历两段迷茫期，一段是刚毕业时，另一段是毕业后三到五年间。

有了一定的对社会的认知、职场的经验，看过花花世界却还不足以深耕出属于自己的丰茂田园。身边人飞速跑起来，而自己还在原地打转。

年轻的我们，清醒而贪心，既无法彻底对惰性说"拜拜"，又不甘愿只做个快乐的"废柴"。

二

当你还是一张白纸的时候，你还有无限可能，当你逐渐被这个混沌的世界同化后，每一次挣扎就会显得更加滑稽可笑。

前辈问我："你觉得自己现在最大的困扰是什么？"

"钱吧。"我说。

"具体是什么需求呢？"

我想了想："总之就是距离想要的人生还很远，比如买房。"

"除此之外，你还有什么烦恼吗？"

我又想了想，说："对自己笔下的故事还不够满意，虽然这几年，我也陆续出了一些书，可我始终觉得它们距离我眼中真正的'作品'差了一大截，除了继续写，好好写，我想不出别的办法。"

前辈说："我可以理解为你是想让自己变得更有价值吗？"

我点点头："是的，这点或许对我来说比赚钱更重要。"

"那很简单，当下的你其实不需要过分考虑赚钱这件事，因为物质的增长跟你的能力积累一样，是需要时间'质变'的，这需要时机，也需要等待，而你能做的仅仅是把眼前的每一件小事做好。"

你的迷茫，不是不知道自己要什么，而是想要的太多。

一个人精力有限，容易分散，不如就去做好你认为最重要的那件事。

如果你需要独立来证明自己的能力，就去拼命工作；如果你需要的是爱，就放下全部的敏感去拥抱感受；但如果你和我一样，是靠"意义感"驱动的人生，得靠折腾、体验、搞事情，才能在这风尘仆仆的日子里感受到存在的真切性，不如就全力投入创作中去。

这种能量使你不安宁，异于常人，也使你拥有独特的第三只眼睛，去记录、观察、表达。

我始终觉得，热爱比爱更重要。

幸福不在于幸福多久，而在于幸福是否足够。

人生就是，急也没用。

三

我想，我能在写作这件事上坚持下来，源于我在真实世界里被一次次重新点燃。

说来也巧，十年前在这家杂志实习的时候，我采访过一位印象很深的青年。

那一期嘉宾是个画家，不是那种知名画家，是一个刚刚从央美毕业、还在租房住的年轻男孩。

我们约在西直门的凯德MALL，两人都是坐地铁过去的，索性也懒得找什么咖啡馆，直奔地下一层美食街，在一家小馆子里，我听到了他的故事。

和"家里有矿"的艺术生不同的是，他出生在一个极普通的家庭，能够支撑他读完大学已经很不错。

家人的期望，是想让他回当地考个教师，或开个培训班，安安分分过一辈子。但他对我说："晓雨，我没有办法回去。我不是不甘心，我是真的喜欢画画，我想让自己的熊猫系列被更多人看到。"

他拿出手机给我看了他的画，那是一个憨态可掬却又颇有些新意的熊猫形象，我不懂艺术，也不知道该用什么语言形容，只是觉得治愈。

眼前的这个大男孩，仿佛童心的造梦者。彼时的他，和所有刚毕业的大学生一样，面临现实问题：画画能养活自己吗？

所有美术生都幻想自己是毕加索，毕业后却成为被甲方驱使的陀螺。

北京知名的画廊鲜少收录不知名年轻画家的作品。他跑遍了画廊，没谈下几个合作。

当天采访结束的时候他主动掏了饭钱，我说杂志社可以报销，他挥挥手说："没关系，请小姑娘吃饭应该的，等下次哥请你吃好的。"

那一期专访因为版面问题，没能刊登，我很抱歉，他却对我说："你要好好写，一直写下去呀。"

就这样，我们阴差阳错成了朋友。再后来的几年，我们偶尔聊天，偶尔约着一起吃饭，大多时光为各自的碎银奔忙。

他不停地画着同一个系列的熊猫，会飞的熊猫、奔跑的熊猫、呆呆地看天空的熊猫……它们在无数个我熬夜写稿的时刻都深深治愈着我。

我没和他讲过，我一直都在默默地关注着他，希望他越来越好。直到最近，突然有一天，我发现他的画上新闻了，他的作品开始被拍卖，他的艺术画展也在全国办起来了。那个圆滚滚的熊猫系列开始作为 IP 热起来，和各种潮牌、大牌做了联名，好多画廊在抢他的画，作品经常刚上架没多久就被藏家拍下带走。

今晚，我再一次熬夜写稿，休息时刷到他发的朋友圈，竟有些热泪盈眶，那个无人问津的男孩终于成了"艺术家"。

千奇百怪的命运里，有人枯萎，有人蓬勃，而拥有"自我"的人，才让这世界活色生香。

这不是一个多励志的英雄故事，他就是出现在我身边的"熊猫少年"，把一件简单的事重复了很多年，做到极致，没有背叛自己的初衷。

有人总想得到玫瑰,是因它唯美盛开在庄园里,代表着浪漫,其实真正浪漫的是有人看到玫瑰的荆棘,仍愿伸手抚摸。而此刻的我也重新理解他画里的童心,那是一个人的勇敢、无畏和默默坚持。

当我们成熟时,仍为笨拙所感动。

四

最近我常常和一些正在低谷期的朋友互相打气。

一个朋友给我分享了一件小事特别打动我:在她沮丧的时候,她通常选择去运动,每次大汗淋漓地从健身房出来,她都会从门口的盒子里拿一颗糖果——那颗小小的糖果,是生活给她免费的礼物,也是她鼓励自己好好生活下去的一份甜。

其实我知道,不只是我,身边的许多人在毕业后的三五年,都会经历这样的时刻,感觉全世界都在进步,只有自己一事无成。

而我想告诉大家,没关系的,慢一点真的没关系。人与人的节奏不同,你有你自己的悦耳。

继续往前走吧!我们现在做的所有事情,不过是送给未来的自己一颗颗被藏起来的糖果。

职场不需要"好学生"

人生不需要100分，尽力就好，
工作也并非等于全部的个人价值。
放弃"好学生思维"，
意味着我们可以有多重人生角色和使命感的追逐。

一

我们用了十几年完成学校的教育，而一生的教育才刚刚开始。

过去我们追求好成绩、满分卷子、被外界认可，当你走出学校，真正踏入职场，会发现这个世界从来不是非对即错的数学题，而是一场完全开放由你执笔涂鸦的美术练习。

工作不能一味追求快，而是看你能创造出什么，有多大的价值。

为什么常常步入社会以后，一些"坏学生"混得更好呢？上学的时候不听话、调皮捣蛋、没那么"懂事儿"的孩子，出来社会以后仿佛更游刃有余，或许是因为这部分"坏学生"更有独立思考意识，带着质疑和强烈的好奇心，不易被规训的人往往更富有创造力。

一个残忍真相：职场并不存在平均分配，也没人像老师一样在意和督促你的进步，而是更靠一个人内心的驱动力。我愿把它称之为"生命力"——生命力，就是优雅地面对压力。

一个人精神世界的韧性、广度和深度，决定了在职场这段旅程中的体验，希望阅读到这本书的你可以从此刻起，洗刷掉过去的傲慢——好机会不是留给好学生的，而是留给勇敢争取的人。

学生时代的高光已过去，这里是新的战场。

二

"你是来上班的，不是来学习的。"

我还记得多年前，第一次走进办公室，彼时我的领导对我讲的这句话，当时稚气未脱的我感觉很委屈。

起因是我们当时做的杂志有个栏目是采访企业家，初出茅庐的我很胆怯，不确定自己有没有独挑大梁的能力。

编辑部门开选题会的时候，领导说有一位财经领域的企业家，已经敲定了采访邀约，问谁愿意去。我旁边的同事立刻举手，而我刚要举起的手假装无意地撩撩头发，趁机垂下去，这些微妙的小动作都被领导捕捉到了。

他很耐心地询问："晓雨要不要一起去？"

我的脸唰一下子就红了，仿佛做坏事的小孩被现场抓包，解释的话语脱口而出："我没有和大家'抢活儿'的意思，我就是想抱着学习的态度去现场观摩，在不打扰大家的情况下。"

天知道，说完这句话我就后悔了。

如今细细回想起那时的尴尬、自己愣头青般展现出的局促，以及浓郁的过分谦卑的职场思维，令在场的气氛降到冰点。

"去就是去工作，不去就是不去，这里是公司，不是学校。"

领导微微皱眉，然后又照顾到我的感受，开玩笑地补充："也能理解，刚毕业的年轻人有强烈的求知欲是好事，我觉得以你的能力，可以直接上手采访的，不用担心，人生总有第一次。比起沉迷于学习和准备，真枪实弹地去和这世界交手，才是正经事。"

他说这段话的时候，在 20 岁的我眼中简直是发光的。

这是我第一次意识到原来职场不是学校，老板花钱雇佣你，是让你来"干活儿"的，来提升部门业绩的，来给公司创造价值的。企业不负责传授知识，所有的学习都没有仪式感，而是在每一天的实践和行动中。就像很多人如今问我怎么写作，答案只有一个，去写。不断地写，持续地写，生活是最好的老师。

于是在这位领导的鼓励下，我和同事一起去了采访现场，之后就正式独自踏上采访之路。

想来那时的我虽青涩搞怪，却也十足可爱。因为上学比较早、毕业早，初入职场时我脸上的婴儿肥还未褪尽，说话又自带一腔软糯的娃娃音，为了不被那些企业家和名人"小看"，我每个月都在省钱、攒钱，花费工资的大半去购买一些职业套装，尽量想让自己看起来像个大人，像精致的都市白领。

回忆起来略觉荒诞，但那就是我真实的 20 岁，穿着不合时宜的连衣裙和高跟鞋，穿梭在北京的 CBD 格子间，拿着一支录音笔，悄悄"更新自己"。

直到有一次采访一位女企业家，这个姐姐结束后对我说："晓雨，你的提问精准又犀利，口吻却温柔，整个人的亲和力和同理心极强，很容易让人产生信任，感觉你能撬开任何一个人的心扉，发现他们的生命故事。"

我感到无比惊讶，抬起头傻傻问："真的吗？"

"真的不能再真了,因为采访并不是简单的提问嘛,本质上是一个人的价值观去碰撞另一个人的价值观,而你有自己的视角和洞察,很棒。"

"这是第一次有人这样说,我好荣幸,我会继续努力的。"

"嘿,我还蛮好奇你平时喜欢什么类型的衣服。"

我不明所以地摸摸头:"我自己比较喜欢少女风的连衣裙、东方美感的旗袍,或者一些古灵精怪的原创设计。"我摸索着身上的西装面料,恍然大悟,"其实比起职业风格,我确实有更喜欢的风格,这样穿,是为了让自己看起来成熟点。"

面对我的心声袒露,姐姐温柔地说:"晓雨,以后你可以完全做自己。成熟并不体现在一件衣服上,你的表达、你的思想、你的笔,足够有力量,不需要刻意伪装,也能打动很多人。"

我用力点点头。

那天,姐姐的手轻轻搭在我的肩上,我们站在世贸天阶闪动的蓝色大屏幕下,荧幕的光映照到她眼睛里,仿佛她的眼中装着星辰大海,亮晶晶的。而我,看到了自己想成为的模样。

三

自那之后,我的注意力集中到自我提升上。并不是说"穿搭"不重要,而是要透过现象看本质,如果我们带着学生思维,总想着扬长避短,总想着把自己的每一门功课都补齐,就很难把全部的力量倾注到真正的热爱上。

放下学生思维,适应从学校到职场生活的转变,是年轻人的必经之路。

从大学到社会要做哪些心理建设？这个话题在写这本书的时候，我和许多人聊过。

一个自己开传媒公司的朋友给我讲了她自己公司里的两个故事。

和我个人的"打工人"视角不同，她站在一个老板的角度，看到了不同人才的工作模式和职业发展路径。

这两个女孩是同一年进公司的，从事的岗位都是新媒体运营。圆圆是北京一所985学校的毕业生，新闻传播系专业，大学期间还拿了不少奖项；嘉佳是二本院校毕业生，学校没什么名气，读的又是会计专业，和这个岗位匹配度很低。

因为朋友的公司是一家创业期公司，规模不大，所有员工都是她亲自招进来的，她对每个人的成长都格外关注。

两个人面试的时候都说自己很热爱这份工作，但真正工作了一年多之后，她发现圆圆和嘉佳有着两种完全不同的工作模式。

圆圆偏保守，文案和创意都循规蹈矩，而且特别害怕"被批评"，一旦有些工作内容做得不尽如人意，老板还没有开口说什么，她的眼眶就红了。

"看她这样我也很难再多说什么，每次我想和她认真聊聊，她都会给我保证说自己会更努力。"她无奈笑笑，"其实我不需要她更努力，我只想看到工作走向更好，但每次看到她深夜还在公司加班又不好意思说什么。"

相反，另一个员工嘉佳，刚开始上手比较慢，后来进入状态以后整个人的工作积极性很高，总有许多奇思妙想，会踊跃地提出"改革"建议。虽然也有做得不好的时候，但她面对老板时则显得"没心没肺"一些，会开玩笑，也会努力为自己争取权益，抗压能力比较强。

一年后，公司业务做调整，嘉佳被提拔成了部门主管，而圆圆则忍不住找了公司人事专员，询问为何晋升的不是她，后面领导亲自找她沟通，聊开后，才发现圆圆内心积压了很多情绪、很多想法，无人诉说，变成了内耗。

"我也有很多好想法，但不知道适合与否，就没说。我觉得自己够努力了，每天都是公司最后一个走的……不知道为什么，我觉得从学校到职场好像突然评价体系变了，明明我很用心，也时常复盘，但工作就是没太大起色。不瞒您说，其实这段时间我都开始自我怀疑了，我真的很热爱这份工作，为什么会越干越没劲？"说到这里，圆圆的眼泪砸了下来。

她递过纸巾，等圆圆情绪平复了一点才开始沟通："我相信你很热爱这份工作，但你可能太紧张了，因为太想干好了，所以难放松去好好享受这个过程。嘉佳和你同期入职，你们的能力与天赋相差无几，但她没有太多'好学生思维'，不怕犯错，勇敢尝试，步子就更轻快。你很好，相信你调整好状态后，会有不同的工作感受。"

我们已经不是学生了，不要美化努力。好好做事，但不要浪费时间去证明自己在好好做事。

后来的故事走向颇有些"新媒体风"：一个人只有放松时，行动才能有力、聚焦，圆圆在这次对话之后，整个人明显不再紧绷了，开始和大家主动探讨起不同的新媒体玩法，也会主动提出有趣的策划，她在嘉佳的手下，被打磨得更像一颗明珠，两个亦师亦友的女孩成为公司的一道风景。

又过了一年，嘉佳提出了辞职，理由是她要去做自己的自媒体账号了，老板送上祝福，相信这个女孩会在自己的广阔天地里大有可为。

圆圆则被提拔到了新媒体主管的位置，接受工作后，她还在公司内部发起了一场辩论赛活动,辩题就是"职场上,要不要当好学生",她讲述了自己的心路历程。

"好学生"更容易陷入自证陷阱,容易将自己的价值寄托于外界评价,一不小心就会迷失自我;"坏学生"则更注重"游戏体验",注重自己的感受,因为不执着于追求一个好结果,全情投入在过程里,反而有更大的概率收获自己喜欢的人生。

她对自己说:"恭喜你,终于给自己松绑了。"

她对已离职的嘉佳说:"谢谢你,教会我勇敢做自己。"

她对台下一脸欣慰的老板说:"嘿!我今年业绩不错哦,年底该考虑给我涨薪了哈哈哈!这是你教会我的,要主动为自己争取哦。"

同事们哈哈大笑,我听到这里脑子里充满了画面感。

很喜欢这个故事,因为在这个故事里,我们每个人最终都成了自己。

四

好奇心,才是年轻人的推动力。

我们是自由的,不被局限的一代;我们是诚实的,不怕犯错的一代;我们是勇于探索,既敢跳出既定轨道,又能在旷野中创造多元并行轨道的一代。

每个人的成长路径不同,没有对错,没有高低。我们恰恰是从四面八方穿越迷雾而来,才让交流和分享更显得可贵。这也是我写作的意义。

我在阅读艾伦·金斯伯格的《嚎叫》这本书时,看到一段话,感觉头皮发麻：我二十几岁的青春，在市场待价而沽，在办公室里昏厥，在打字机上痛哭。

希望朋友们都能放松一点，人生不需要 100 分，尽力就好，工作也并非等于全部的个人价值。放弃"好学生思维"，意味着我们可以有多重人生角色和使命感的追逐。

有时你不只可以放弃最后一道大题，还能放弃整张卷子，甚至是这个考场。起身，走出去，去寻找属于你的天地。

学习也好，工作也好，从来都没有确切的答案。这个世界压根儿不存在"走弯路"，只要你有真诚体验，就能咬到一口生活的甜。

我知道有许多找工作不顺利的年轻人，或者正处在迷茫期的你，在这段时间提心吊胆，害怕自己一事无成，恍惚间觉得周遭一切都不真实。

我想告诉你，请认真欣赏自己，去感受你大脑里一切疯狂浪漫又不切实际的想法。

你的敏感在提醒着你要成为什么样的人，你的困顿正在转弯，带你前往新世界……也许此刻的我们有着诸多不自信、不如意，有着一地的鸡零狗碎，相信我，这些都会成为你去体验世界的一个触角。

我们不需要成为更好的自己，我们只需要更好地做自己。

职场上，本质比的是一种能量。越有生命力的人，越能向阳生长。

带着你的鲜活、无畏、真心继续向前吧！不必害怕美梦破灭，上帝会犒赏每一个勇敢做梦的孩子。

人生在世，不过眨眼。

吹个泡泡，绚烂过，即存在。

你不必完美，
你只需要好好体验这世界 ▶▶ ▶

没有一朵花，开着是为了人；
没有一个人，活着是为了谁。
希望我们每个人都像高山上的绿绒蒿一样，
终其一生，只为自己而盛开。

一

我见过三次黄豆豆。

第一次见她，她是新消费品牌主理人；第二次的她化身美食博主，带我走街串巷；第三次是我们已经成为朋友，转型为品牌营销老师的她坐在一家咖啡馆里，漫不经心地向我揭示她生命中浓墨重彩的故事。

三十多岁的黄豆豆是一位"乘风破浪的姐姐"，与她的成功相比，我更喜欢她身上游离、"出走"的那部分，是在社交媒体上不曾触及的人生横切面。

黄豆豆曾用五年时间，探访过中国100多个乡村及少数民族山区，用公益的方式，实实在在帮助许多女性走出了困境。

采访中，我问了一个稍显冒犯的问题："做女性公益这件事不赚钱，为什么还要做？"

她说："做事情肯定是要有回报的，但这个回报不一定是'钱'，它可以是故事，是体验，是在更长久的时间维度里延伸的那些无形合作，这些都很有价值。"

黄豆豆身上有一种"侠气"，风风火火，毫不遮掩本心，对这世界投以一贯的、无言的、激情的爱。

她是那种好奇心极旺盛的女孩儿，生性开阔，热情仗义，走到哪儿都能和周遭人搭起话茬。

我们去吃客家菜的时候，她会和服务员姐姐们聊到各自家乡；我们去喝咖啡，她会趴在吧台，托着下巴，认真和咖啡师交流。

黄豆豆的"社牛"源自她的开阔胸襟和多年来步履不停的经历。

她走遍全国各地乡村的同时，深入体验民俗文化，这是我极珍视的部分。

私心里，我觉得这比她事业上的成就更值得记录。

我们身处一个要求速成的时代，注重付出回报比。但真正热爱生活的人，其实是"荒废效率"的，他们的目的不在商业利益，而在与人神交的乐趣。

事实上，我们必须重建自己和文化的联系。

没有人能脱离文化历史而生活。

只有了解过我们所处的大环境，从城市到农村，从"996""内卷""鸡娃"的都市打工人到一辈子都没走出过大山的女孩，我们必须知道，在社交媒体上少有展现的世界，也是构成社会全貌的关键部分。

二

2015年的黄豆豆因工作的缘故，加之自媒体博主的属性，曾数次踏上前往乡村的路途，没想到，这一去就是五年。

从小在福建长大的她，毕业后一直留在北京工作，当时的她正值职业转型期，从公司高管的位置退下，更多专注于自己的内容和爱好，在探访乡村的经历里逐渐找到自己的使命感。

"就是很想为她们做点什么。我每次去村子里，和不同的女性聊天，都在想，怎么才能让当地的风俗文化被更多人知晓，让更多女性可以拥有多一点点的经济能力。"刚开始，她只是喜欢体验不同地区的人文气息，待久了，却和当地人融合在一起，就像我们看待自己身边的亲戚一样，总想帮衬些什么。

多年的自媒体经验让黄豆豆意识到销售美食是一条更为精准的公益链条。门槛低、操作简单，可以成为更多乡村女性重新打开视域的创业起点。

她本身就擅长品牌营销，在这五年里，她给村子里的阿妈阿姐打通农产品的线上销售渠道，亲自跟着她们去采摘、记录，不定期前往乡村。她从内容的角度帮助上百个乡村女性推广农产品，同时也让更多女性的故事走出大山。

某种程度来说，黄豆豆帮助许多乡村女性实现了"财富自由"，这个财富自由不是传统意义上的不为钱发愁了，而是她们在狭窄的世界里，用自己的劳动所创造了超出预期的零花钱，能帮她们在刻板的家庭里找到一个新出口，最起码花钱不用完全看丈夫的脸色了。

"我去了这么多乡村，慢慢发现对当地女性来说，想要改善生活，经济只是一部分。许多做公益的人来这里，有人捐物，有人捐钱，而我要捐的是'眼界'，我想让她们多了解一下外面的世界，但了解外面的世界这件事对她们是好是坏，我不知道。"

黄豆豆还记得那年在西南的茶马古道上遇见一位牵马的大姐，因为常年从事户外的体力活，大姐看起来年岁是模糊的，黄豆豆一直以为人家是长辈，在路上礼貌道谢："阿姨，谢谢您。"却被当地的同伴提示道："人家年龄和你差不多。"黄豆豆这才知道这个女人只比她大两岁。

行走在山间，几人轻松地聊天，大姐很羡慕她们这种能到处走走看看的工作，临分开时，大姐说："我这一辈子的愿望就是可以走出大山，去北京，站在天安门前留个影。"

黄豆豆临时起意，拉着大姐的衣角热情道："这有什么难的？我给你买一张票，你明天就能跟我一起去北京，住我家，玩儿几天再回来。"

大姐先是诧异，而后面露难色，最终只诚恳地感谢了黄豆豆的好意，婉拒了邀约。

听完大姐的故事，黄豆豆才知道，原来在当地，很多女孩子很早就不上学了，早早结婚，出嫁从夫，之后她们的全部生活就要围绕着夫家展开，出门远行要获得丈夫的首肯，别说和一个陌生人出去玩了，就连回娘家探亲也需要丈夫陪同。

"直到今天，很多地方的农村里重男轻女的思想仍然很严重。有的地方是不允许女性抛头露面的，还有的地方是把重活儿、体力活儿都交给女性去做，但赚来的钱和生活的主导权却不在她们手里。当地人不觉得有问题，因为世世代代都是这样生活的。"

有时黄豆豆也困惑，我们到底要怎么去改善当地女性的困境？

你告诉她外面的世界有1000种活法，可她仍身处当地文化的拘束中，懂得之后却又无力改变自己的人生，更叫人绝望。

三

这些年，我和黄豆豆成了好朋友，每次见面都会聊很多，美食、旅行、教育、女性困境、个人成长、职业发展……

黄豆豆对文化的亲近，源自她很年轻时干过的一项工作，参与敦煌数字化保护项目，和匠人对谈，亲历各大石窟，在研究所里看到了许多不对外公开的珍贵资料，这些特殊的经历使她的心性更为豁达。

"一个人早期的工作经历，对人格形成有很大的帮助。国外的人觉得我们的文化这么好，但我们经常意识不到。"

在敦煌，黄豆豆了解到九色鹿的故事、藻井繁美的花纹、细致入微的佛像刻画……

在敦煌展示中不能错过的是飞天，飞天在佛教中称为香音之神——是能奏乐、善飞舞，满身异香而美丽的菩萨。飞天的不同的体态，代表不同朝代的审美标准。

关于敦煌能说的太多，中华的文化瑰宝通过数字化保护，带给世人的浪漫与力量超乎想象。

"我爱找人聊天，就是从那时的工作遗留下来的习惯。从20岁到30多岁，我走了很多弯路，工作的路，感情的路，逐渐觉得人还是要回到自己的本性来。"

这些年来，黄豆豆前往各个乡村，除了做女性公益，自己本身也醉心于"文化苦旅"。

"一个小小古村庄，破败的民族古民居，摸着感觉会呼吸的泥墙黑瓦，而在这崇尚自然的生活方式里，笑容是最有感染力的馈赠。"

聊到最喜欢的乡村，黄豆豆说："那必须是花瑶古寨。"

花瑶是瑶族的一个分支，服饰独特、色彩艳丽，以花瑶女性精湛的挑花技艺为名,故称"花瑶"。花瑶古寨位于湖南省境内雪峰山的东北,古寨不仅自然风光美,还有令人叹为观止的非遗项目,这里也被誉为"长寿之乡"。除了随处可见的花一样的女子,还有年纪很大但手艺活儿仍精巧无比的奶奶们,成为当地亮丽的风景线。

"有一次,我们凌晨四点起床去摘金银花,我被咬得浑身是蚊子包,然后在晚上睡觉之前,一个奶奶给我拿来一大盆盛开的金银花,给我沿着床边摆了一圈,说是可以防止蚊虫叮咬。当时我想,虽然这里生活清苦,但这满屋子的花香,却是五星级酒店花钱都不一定能买得到的。"

你瞧,文化是没有办法装裱和搬运的,只有深入其中才能感受到。

事物的珍贵不在于事物本身,而在于,我们经过它所留下的痕迹。

四

这几年黄豆豆经历了人生中至关重要的一次"破",她经历了大的职场变动,创业路上也遇到了许多挑战,黄豆豆开始反思。

"人还是要去做自己真正有热情的事情。以前我会否定别人,现在不会了。我们不能用统一的标准去衡量不同的人。无论是在工作中还是其他场合,我们必须知道,你不能用自己的价值体系去随意评判别人。"

平日里,人很难突破自己的局限性。但你要想,我们不但是来看这个世界的,而且是来——消除对世界的误解的。

当行走过足够多的路,你会拥有一个更广阔的角度、一颗更平静的心。你会发现很多事情都是中性的,没有对错,只是选择。

我们所有人都生活在同一个文化里,只是大家看到的横切面不同。

面对未来，黄豆豆还是会用体验的方式去不断行走。

"一定要去体验啊，如果你不去兰州就不会知道，兰州根本没有拉面，只有牛肉面，这种信息差，是我们漫长的一生都要协调的东西。体验的方式不一定是旅行，也可以是读书、工作、恋爱。"

走遍100多个乡村，带给黄豆豆最大的财富就是打开了她的感知——要做一个开心的人呀！打开自己，用心感知万物；原天地之美，而达万物之理。

那天傍晚，我们穿过将府公园，夕阳落在树梢，路上人很少，我们走在郁郁葱葱的园子里，聊起彼此的困惑和成长。

她停下脚步，说："我30岁以后很不喜欢'走马观花'这个词。如果凡事都敷衍了事，到头来什么都得不到。"

我们的人生就是一场漫长的旅行，有的人选择"跟团游"，大环境要求我们成为什么样的人，我们就跟团走了；有的人就是"网红点打卡"，走马观花，匆忙收集自己的成就，展示给别人看；有的人是"定制化旅行"，平衡在理想和现实之间；有的人就是完完全全选择自由行的生活方式，像我和黄豆豆这样的体验派选手，带着好奇心探索下去，哪怕做一些世俗意义上不太聪明的选择，比如她做女性公益，比如我这个笨拙的写作者，记录着一个又一个的故事。

成长没有说明书，每一次探索，都是对人生新的阅读。

你不快乐，是因为总在对比

在寻找喜欢的生活的路上，
我们都是旅人。
不必急于抵达终点，
沿途的风景和经历，才是不可替代的宝藏。

老实说我今年没有前几年那么焦虑了。

2018年应该是我最焦虑的一年，再往前，因为自己上学早、毕业早，我的同学大多都比我大3岁以上。

在单位里，我永远是最小的，独有的年龄优势使我在职场上获得一段冲刺期，是蓬勃的，心无旁骛的，没有任何心理负担地充实自我的时期。现在则是在尝试自由职业，多元化的生活状态，更加明晰自己想要的是什么。

回想最焦虑的那段时光，其中影响我最深的就是"同龄人压力"，也是许多年轻人为之惆怅的"同辈焦虑"。

看着越来越多的同龄人或比自己年龄小的小伙伴进入社会，其中不乏佼佼者，他们更快更迅猛地追赶上来，取得的成绩比我要好得多，内心产生了很大的心理落差。

不是嫉妒，而是一种怅然若失的无力与自责。尤其在北京，很容易听到某某的小说被改编成电影了；某某的创业融资到了第几轮；某某拍的短视频在平台上突然爆红……时时听到别人的成就，对照着一事无成的我，我的脑子里总是徘徊着"我是个废物呢"这样的想法。

后来我发现，导致自己不快乐的原因就是总拿身边人作为参照物。

没有人可以在别人的价值体系里获胜。 我们这一代人，从小就在大集体中你追我赶地长大，很难做到完全不去对比，完全忽略周遭同龄人的状态。

换一种视角来重新看待这种"同辈压力"，是我想和大家分享的。

二

刚从职场中裸辞出来的时候我很焦虑。自由职业一旦停下来，收入几乎是断崖式下跌。成年人在经济上栽跟头带来的冲击往往比情感更大。

好巧不巧有几个朋友来找我聊天，他们是跟我差不多时间进入职场，现在都在各自领域发展很不错的小伙伴。

在大环境如此糟糕的情况下还能坚守本心，没被打乱个人计划，依然有条不紊地推进着自己的工作与生活。

老实说，我很羡慕。不仅羡慕他们发展得好，更羡慕他们的心态，平稳有力，遇事不慌张。

聊完以后，我感觉被打了"鸡血"，一转身却又瘫坐在沙发上自惭形秽，"为什么别人都可以，我不行"这样的想法使我焦灼得难受。我妈见状过来和我谈心，听完我的困惑以后她笑了，认真对我说："你有没有想过,能和这么多优秀的人做朋友,说明你也不差?"

能够进行深入沟通的朋友,必定是在思维或经历上相匹配。换个说法,如果你发现自己身边相交甚密的同龄人都很优秀,那至少看得出,你也是和他们一样,是拥有一些相同的潜在优势特征的人。

你们能感应到彼此的能量,是对方一部分的内心投射。就像《我的天才女友》里的两个女主角,莉拉和莱农,在惺惺相惜又暗自较劲的微妙状态里长大,她们嫉妒对方,同时也成全对方。

朋友,是生命的另一种呈现方式,不存在谁是谁的影子,但很难说,如果没有遇到对方,莱农是否能坚持读书,莉拉是否能在撕破生活的外壳之后觉醒,而不是顺着生活坍塌的轨迹沉沦下去。

这是一部讲述女性友谊的作品,同时它也为我们做了正确的示范——如何去应对同龄人给你带来的压力。

能和天才做朋友的人,平庸不到哪里去。

三

有时候我们感受到"同龄人压力"带来的威胁,很容易像我那样沉浸在自我否定中,这很正常。心理学上讲,这其实是一种认知失调,讲的是一个人在心理上拥有不一致的两种态度或信念,从而导致自己给自己制造出紧张冲突的状态。

"我想改变现状"与"我就是不行,无法改变"。

"我知道这样做不好"与"可是除此之外我真的别无办法"。

"不,我还可以再努力试试"与"别试了,试了又怎样,结果只会让你受伤"。

当我们出现这样的情况时，大部分人会下意识地选择关掉情绪的总闸。比如感到焦虑，就去关掉朋友圈，试图以一种逃避的方式来舒缓压力，为自己培育出一个没有噪声的世界。我觉得没毛病，但其实并不是解决焦虑的根本方式。

年轻人同样喜欢采取的另外一种方式是 gap，这是一种很好的过滤方式。处在放空的状态下，清除过去一部分不必要的东西，才能容纳新的自己。但一旦回到正常运转的社会体系里，许多问题与矛盾就会重新浮上水面，席卷而来。

想必很多朋友都有此体会。放松只能缓解压力，但并不能帮助我们真正走出困境，要找到方向，只有做到真正的知行合一，有想法就去实践，累了就好好休息，偶尔听听外界的声音，但必须把注意力放在"让自己变得更好"这件事上。

自我，会不停地被所获得和给予的力量重新塑造。

四

当你意识到自己是这趟旅程的主人公时，就已经在改写"人生剧本"了。

韩寒的做法就很好，他能够对自我有一个清晰认知，他形容自己："我在很多地方笨拙，嘴皮子也耍不好，所以我选择了写东西。面对键盘，我拥有自己的世界，就像我倒车经常撞，停车老停歪，但戴上头盔，坐进赛车，我依然是个好的车手。这就是我的性格。"

人的性格未必只有一面，也不用必须符合其他人的设定。每个人的境遇和脾性都是不同的，你不能拿着标尺先量自己，再去宣判每个与你尺码不同的他人是伪劣产品。相反，如果你把衡量的尺子递给了别人，那你永远也不能按照自己的想法去生活。

这个社会就是一个巨大的哈哈镜，我们的生活注定处于个人价值观与社会价值观的矛盾之中，"父母、老师、爱人希望你成为的样子"与"你自己想成为的样子"是一定会有出入的。

大多数时候，我们在感受到压力时，希望做出正确的判断，方向却慢慢扭曲，变成希望赢得他人的好感。内心的驱动力让你感觉不适就很难长久坚持，这也是为什么我们会认知失调、感到痛苦的原因。

我自己独处时，很清楚自己的优势和劣势，知道自己怎么做才能更接近想要的生活，一旦开始和同龄人对比，就会变得手忙脚乱，面对未来不知所措。

我很害怕不能被家人和朋友认可，害怕方向不明时做出的努力到头来幻化成空。因而，在循环往复与自我作斗争的时候，丧失了最好的时机，空留一腹的懊悔与遗憾。

可又有什么用呢？人类就是很容易出现"事后聪明偏差"，这种偏见指的是一旦你知道了某件事的最终结果，很容易过高估计自己的预测能力。

没有早知道，也没有"我原本也可以"，只有我想到了就不顾一切去做了。全情投入在过程里，才能取得一个所谓的好结果。

人生的"容错率"足够高，慢一点没关系，走弯路没关系，朝着成为自己的方向而行就可以。

现在的我，在尝试放开手脚，去为自己创造出一种高浓度的快乐生活。无关外界，我已获得自我认可——把这些过程分享出去，吸引到许多因我的独立、自我、真诚，不僵化这些特质而来到我身边的朋友。

高度自我认同同时触发了宇宙的认可机制，建立起正向循环——当我越来越爱自己，宇宙的爱，也百倍千倍涌来。

我们出走一生，
只为与自己团圆 ▶▶

弯路往往隐藏了全新的有待开发的风景，
你去，你就是第一个看到的人，
就能收获完整且鲜活的体验。

一

公子伊进门时，捧着一束鲜花朝我快步走来，给了我一个大大的拥抱。她笑得那么灿烂，比怀里的向日葵更好看。

这个女孩，是互联网上小有名气的95后自媒体博主。此刻的她，是一位商业创意顾问，曾花四年时间拍摄和体验了100种生活后，最终发现自己更大的兴趣是研究"怎么帮助更多人用热爱来赚钱"，并提出有趣的"热爱变现"商业模式。

不同于普通的理想主义青年，公子伊用自己的亲身经历证实了，理想与现实从来不是二元对立，快乐工作，用喜欢的事情来赚钱不再是难以企及的，能把每件事都做出创意，是公子伊身上最大的特质。

在她身上我感受到，热爱从来不是一句口号，而是每个人身上都扎扎实实存在的东西，当你找到它、注视它，当你对未来的期待超过恐惧，你就离自己想要的人生更近一点。

此刻看这本书的你，或许正在走一条孤独的路。在时代潮水中，眼前是雾蒙蒙的、黑漆漆的，无论我们做什么选择，都容易在失去重心时摇摆，产生一个强烈而矛盾的冲动：我要不要折回去从头再选一条路？

但你必须明白，青春是条单行道，我们只能转弯，不能回头。每一片森林都兼具野兽与精灵，鲜花开满的地方必定藏有荆棘。

如果惧怕赤足上阵，不妨听听公子伊的故事，给我们的梦想装上一双名为"热爱"的轻盈的翅膀，飞越丛林时，把眼前一切鲜活的景象装进自己的小口袋。

"我不上班好几年了，做自己喜欢的事很快乐。"她浑身洋溢着蓬勃的生命力，说话时中气十足，神情明亮。如果用社交媒体上网友常说的一句话来形容，那就是"眼里有光"，一个人的状态就是最好的生活映照。

坐在对面的我都被感染了，但我还是忍不住问出许多人感兴趣的那个问题："你会觉得这样的人生很冒险吗？"

公子伊："你是指创业，远离社会时钟，还是跳出职场永远在折腾？"

我点点头："都有。"

她突然狡黠一笑，神秘地说："我是海的女儿呀。"

公子伊的童年是在福建的一个海岛度过的，一片蓝色海域，水清沙白，澄澈的水面随着潮汐不停变换出现时的状态。有时它是温柔的，浪花打在脚面上像古老的神曲抚过心房；有时它是暴躁的童年朋友，汹涌澎湃，一股脑将秘密全部倒给你；有时这里还会出现"蓝眼泪"的神奇幻境，如同电影《少年派的奇幻漂流》里那样，仿佛带着我们坠入异时空。和大海做伴，足以让孩子们丰富的想象力盛放。

公子伊的父亲是一名船长，日常工作是出海，这种耳濡目染的冒险精神给小女儿也带来命运的启示。

"我好像从小就和其他小孩不一样。"

公子伊给我讲了一件童年的小事。那时她家离小学学校很近，正常走路回家可能15分钟就能抵达，但她每天放学后，会和同路的小朋友道别，一个人选择去探索不同的小巷子。不是直线回家，她每天都在尝试用新路线回家，就这样，不到一公里的距离，被她走出了100种不同的路。

她着迷于这种解锁新地图的体验。别人只觉得这孩子调皮，怎么会有人喜欢走弯路呢？殊不知没有走过弯路的人，亦不懂其中的乐趣。只有这个小女孩自己知道，她在每一条小路上经历了什么，观察到什么。

终点无法改变，所以我们要用自己喜欢的方式迎上去，每一场风雨都是恩遇。

弯路往往隐藏了全新的有待开发的风景，你去，你就是第一个看到的人，就能收获完整且鲜活的体验。

走直线迅速到达很好，但摇摇晃晃，带着一串笑声，费时许久才来到你身边的，何尝不是时光另一侧的笑颜？所谓"性格决定命运"，从这里就埋下了伏笔，瞧，不同的人在面对同一个目的地时，每个人选择走的路都不同。

公子伊笑着说："我好像更喜欢面对未知、面对新鲜事物，我享受冒险。"

长大后，公子伊考到了上海的学校。大四开学不久，她和所有同龄人一样开始陷入焦虑，面对即将步入的社会，她一头雾水，有那么一段时间，她躲在宿舍里偷偷抹眼泪，对人生很迷茫。

为了尽快摆脱这种不安感，她选择外出实习。

"很庆幸我去了自己喜欢的公司。"这一年，公子伊入职了一家公司，在这里，她遇到了相谈甚欢的领导与同事。

其实这段职场经历培养了她对内容的专业眼光与洞察力，但不知怎么，明明工作是自己选择的，团队氛围也不错，但她每天朝九晚五坐在格子间里，面对头顶的日光灯，总有一种"自己的生命要枯萎了"的感觉。如同海的女儿，离开大海，上岸后硬生生把尾巴劈成两半，这种自我价值的撕裂感，令公子伊无比苦恼。

在一个午夜，她做了一个诡异的梦。

"我还很清晰地记得这个梦，梦里我看到一个住在 ICU 重症病房的病人，我看不清楚她的样子，就贴在玻璃上往里探。那冰冷的触感，一下子把我惊醒了。我觉得那个病房里的人，就是我自己。"

她是痛醒的，而这种虚虚实实的痛楚恰恰触发了她的自我意识觉醒。

那一刻，公子伊的心里跑出来一个很勇敢的声音："如果我是那个病人，生命沙漏的沙子快到尽头，何不把眼前这一年就当成自己的最后一年呢？"

她问自己有什么想做的，然后迅速从床上爬起来，在写字台上找到一张白纸，把脑海中所有一闪而过的想法写了下来。她看到跃然纸上的灵感一点点铺陈开来，决定用故事的方式，带着镜头和自己的思考走到世界各个角落，最终便有了"100 种生活"的梦想雏形。

"我想要去看 100 种不同的人生，想知道这世界上其他人都在怎么生活。"

也是在那一刻，公子伊突然意识到，原来我们是可以去规划自己的人生的，每个人都可以。

二

从极度迷茫到"不怕"，好像真的是一夜长大。

写完拍摄旅行纪录片的计划后，她没有去睡觉，而是立刻翻阅了自己的朋友圈。

"我非常清楚，我就是一个普通大学生，我没有钱，也没有足够的能力把这件事实践出来。"

那一晚上，她在自己的通讯录列表上分析了所有可能给她投资的人选，最终选出五位前辈，决定带着自己的计划书去试一试。

她选择的第一个人，就是她当时正在实习的这家公司的老板，看似冒险的决定背后，是她做了独家分析。

她说："首先，他是与我'职业生涯'关系最密切的前辈，我们彼此的信任基础还不错；然后我了解过对方的创业经历，他也是白手起家，会更理解年轻人的一腔热血；最后就是我有对自己创意的热情和信心。无论怎么样，先试了再说。我一直觉得，你能不能抓住机会，取决于你的心力。"

无论如何，你去做了就有50%的机会成功，你没有去做，这个成功的概率就是0。

次日，公子伊找到自己的直属上司，和大老板打了招呼。当她被喊到会议室时，内心和所有年轻人一样忐忑不安，但进了这扇门，总要尽力一试。

大老板喊来了公司的所有高层，提出"给你一个小时阐述想法"。

在那之前，公子伊并无太多公开演讲的经历。这基本上就是商业的投资路演了，回想起那个"噩梦"，心一横，决定按照自己的真实想法来讲，刚开始由于过于紧张，她讲得非常混乱，直到后面才开始讲述热爱的部分，她的眼里亮起了光。

"其实那一刻，我已经做好了最坏的打算，因为我知道，当时这个项目商业逻辑还不是很完善，但能把自己的热爱分享出来，也够了。"

噼里啪啦讲完以后，公子伊给大家鞠了一躬，决定转身离开会议室，就在她收拾东西要走的时候，身后传来一个声音："如果给你15万，你能把这件事做好吗？"

她的老板若有所思地看着眼前的年轻人，脸上是欣赏的笑。

"这就是我人生中的第一笔天使投资啦！"

大四这一年，她用一个小时的公开表达，拿到了15万的天使投资，坐上了开往春天的第一班车。

主动很重要，勇气很重要，选择的人很重要，更重要的是不要让你的那些创意平白溜走。

2019年夏末，上海的天气还很闷热，当天15万就打到了这个大四女孩的银行卡上。她揣着这笔"巨款"，在回学校的路上，看着窗外掠过的风景，感觉整个城市都是发光的。

"从校门走进去后，我觉得我的生命发生了翻天覆地的变化。突然间，我好像能感知到一切了——九月的微风，梧桐的光影，身边擦肩而过的年轻脸庞，一切都是那么美好，充满希望。"

于是，在所有人开始发愁毕业后要去找一份什么样的工作时，公子伊靠着自己的热爱和勇气，踏上了自己的追梦之路。

再次听到这段故事时，我依然为那个年轻的女孩感到振奋。

公子伊坦言："拿到这笔钱之后，我的心境有一个很大的转变，就好像不再害怕任何事情了，而原本正在为她担忧的父母，也发来支持的祝福短信。我们要用实力和行动力说话,当一个陌生人都支持你,他们还有什么不支持的呢?"

原本还催促公子伊回家考公务员的父母,再也没提过这茬。

渐渐地,公子伊开始被更多人看到,很多人问她:"你是怎么找到自己的热爱的?"

她的回答是:"热爱不是找到的,是在探索中'确定'的。"在成为人生舞台上的一个好演员之前,你必须先成为一个好的观众。

"年轻人不要一上来就创业,可以先从副业开始,给自己一个摸索期。我很感谢我的投资人,我是在拿到投资以后,大概三个月后,我才辞职去全身心做这件事,前面的三个月我还是一边上班一边拍摄。"

她通过自己的旅行纪录片《100种生活》,去体验了路遥笔下《平凡的世界》所描绘的陕北的窑洞生活。在温州的七彩小岛上和渔民一起出海捕鱼,带更多人走进大自然,走进更多我们无法亲身参与的五彩斑斓的人生里。

几年过去,这档纪录片获得了许多奖项,2018届马蜂窝最佳创意视频奖、中国"改革开放"纪录片优秀奖、2019届上海大学生电影节纪录片奖……

看起来充满高光的经历,让我不禁好奇:"这个过程中遇到过什么困难吗?"

公子伊如实道来:"要说困难,那可真的太多了。我们的内容拍摄实在是太'重'了,投入产出完全不对等,而且如果大家真正了解纪录片背后的创作就知道,这是一件多么繁重的事情。一开始我们是4个人出发一起去拍摄、剪辑、摄影、文创设计师和我,后面为了缩减开支,我只能选择砍掉我的左膀右臂。"

当她以为进展好不容易要变顺利时,一天,她的摄影师突然对她说:

"我不想再拍下去了。"紧接着下一句话是,"我觉得你没什么好拍的。"

公子伊说到这里,声音有点哽咽,这种感觉就像心口系了一个玻璃瓶,里面装着心爱的糖果,突然这个瓶子被丢到地下,摔碎了,糖果散落一地,被路过的汽车狠狠碾压。

"其实回头看,我特别理解摄影师当时的状态,因为我的项目并不能给对方很多物质回报,而整部纪录片似乎更像是'完成我的梦想,而不是他的梦想'。"

为了证明自己"有东西可拍",为了让《100种生活》项目得以继续下去,公子伊不得不想其他办法。这既是困难,也是一个审视创业的过程,她转化了思路,不以"雇佣制"形式合作,而是在每一期出发前,找一个旅行目的地当地的摄影师,他必须对节目感兴趣,才能保证对方除了钱之外也能获得自我成就感。

合作形式是,摄影师需要承担自己的往返机票,但落地之后的餐饮和住宿全包,最重要的是可以在节目里拥有自己的独家署名权,这样,大家的心就齐了,这档节目是我们所有人的共创成果。

在马不停蹄的工作里,公子伊其实经历了极强的内在冲突。

"有时候我会特别难过,产生过强烈的'自我怀疑',是我的信念还不够坚定,担心自己做不好,担心同事的成就感不够高,以及拍纪录片实在太费钱了。拍摄完第十三期,我从内蒙古回来的时候,第一笔天使投资基本上已经花完了。我还记得那天朋友接我吃饭,我们从停车场出去时要支付10元钱,我在扫码时,发现自己浑身上下居然只有9.9元了,甚至不够支付停车费。"

那一天真的是极度崩溃,她在告别所有人之后,跑到空荡荡的大街上,号啕大哭。

"我的人生就这样了吗？"公子伊站在十字街头回想这几年的经历，还是不甘心，人生是什么？人生不就是不断重生。她拼命告诉自己，"不要管别人说什么、怎么看，做你自己。除了你自己，没有任何人可以剥夺你的梦想。"

就在她寻求新出路的时候，遇到了另一位贵人，树先生，一位早已实现财富自由的前辈，现在定居上海，平时喜爱花草和自然，也非常乐意和年轻人交朋友。

在他身上，公子伊学到商业模式的本质，不是技法，不是照抄"成功人士"的成长路径，而是一定要根据个人的性格喜好去做。

她说："贵人比机会更重要。无论是上司、大佬还是朋友，跟着贵人学习，成长起来是很快的。建议大家从看到这本书开始，尽早建立人脉地图，这些人脉总有一天就会用得上。"

在那段时间里，凭借纪录片的名气和正向反馈，公子伊身边的声音突然都涌了出来。有人建议她为了赚钱可以直接去做旅行团。

"我非常清楚，我并不想成为一个单纯的导游，或者把旅行变成事业。这个项目只是我人生中的一个重要组成部分，但不是全部。我想用自己喜欢的方式去赚钱，而不是去带团，因为我真正关注的是人的生活方式，旅行只是一种途径。"

听完公子伊对未来之路的困惑的描述，树先生给了她一个建议：不需要改变自己，只需要打开思路，可以在这档纪录片里尝试招募付费的"旅行体验官"，对方可以获得独家旅行体验和知识，而公子伊也能渡过眼前的经济难关。

就这样，公子伊推出了"生活体验官"的招募，从开始的一期3000元钱，到后面的6000元钱、10000元钱，正式踏上"热爱变现"的道路。

公子伊非常喜欢的一本书《小狗钱钱》中有一个观点：当你发现一个机会时，你的人生就会有无数个机会。

从那之后，公子伊仿佛被打通了任督二脉。

"天赋是天生能力和个人热情的结合。"你诠释你看过的书、爱过的人、眼前发生的事，再从心流状态（指人们做某些事情时忘我的状态）里找到属于自己的价值所在，就能摸到那把藏在热爱里的钥匙。

"你还可以尝试写下你的愿望清单。比如，有十个愿望，摊开来去努力；有一个盼头，用 365 天去实现愿望。虽然不能说这一生我一定要成为什么样的人，但这一年，我一步步长成了愿望中的样子。你怎么看待'月亮与六便士'的关系呢？如果你当下遇到困难，想一想是不是有足够的钱就能解决这个问题。是的话，解决办法就是：先赚钱。除此之外的烦恼，都不要去想了。"

悬挂在天上的月亮并不会跑掉，我们要做的不过是一边捡起"六便士"，一边乘坐自己喜欢的交通工具，前往人生的下一站。

在那些灰暗的日子里，头顶的皎洁会照亮前行的路。

理想最终不一定会变成王冠，但它是一面很好的镜子——抬头时，就能看到自己出发时的样子。

三

前两年，公子伊登上"福布斯 U30"（福布斯选出的 600 位 30 岁以下活跃在中国的创业者和行业创新者榜单），成为新一代年轻人里的先锋代表。

这也是她近年来最有成就感的一件事，不是因为获得荣誉的光环，而是这恰恰是公子伊再一次的主动出击和"热爱变现"的实践。

"晓雨，你知道吗？福布斯和胡润这两个榜单都是我自己报上去的，只要你的心愿足够强烈，你一定能触碰到梦想。我一直有个心愿就是希望自己 30 岁之前能登上福布斯榜单。这几年，我一直关注他们的公众号，突然有一天看到他们开放招募报名了。但我一打开那个链接就蒙了，30 多道题目，都是非常具体的问题，我当时工作也很忙，担心自己没准备好，正打算关掉填表页面的时候，突然内心跑出一个声音：就现在吧，万一错过了这次机会，下次还不知道是什么时候。"

在内心驱动下，她抽了一个多小时，耐心填完了表，之后忙起来就忘记这件事情了。突然有一天，好友验证里出现了对接的编辑，加上微信后，对方通知她上榜了。上天会眷顾那些有愿望的人。

"太神奇了，回头想想，如果那天我因为没耐心而关掉了网页，可能就不会是这个结果了。我是那一年'生活方式'领域最年轻的上榜者，24 岁上榜，而且第二年这个主题分类就被取消了，也就是说晚一年报名，我未必能登上福布斯 U30。"

很多事情你以为很难，真正去做了才发现可能没有那么难；很多事情你以为错过了还有下次，事实上，可能错过了就永远不会再来。

在公子伊的人生信条里，热爱和行动同时重要，先完成再完美。不要等，也许命运给你的惊喜，就藏在你每天路过的玄关里。

现在的她又回到家乡平潭，开启探索人生的新阶段。

每个人都拥有一把打开新世界的钥匙，它可能是一份工作、一份感情、一个不起眼的爱好，也可能是一趟旅行、一本书、一次难忘的对谈，但无论何时，你把"热爱"这颗种子种下，它会跟着生活的动荡，野蛮生长，直到你发现自己从看风景的人，变成了风景本身。

我们出走一生，只是为了和自己团圆。

04
开不开花,我都是我

不是所有的 20 岁都要闪闪发光,
不是所有的 30 岁都要活得明白,
别被外界定义,勇敢做自己。
这世界你只来一次,
轮不到别人说三道四。

抱抱职场中的"她们"

一个人活在世上,真正需要的东西并不太多:
我想要爱,想要生活在有光的地方;
想要去不停经历、体验、书写;
想要在这个快节奏的时代里放慢脚步,去感受生命本身的流动。

一

在阅读这篇文章之前,我先问你一个问题:你身边有"女性职场歧视"存在吗?

从表面来看,好像直接写"只要男士"的招聘启事越来越少了。从影视剧中层出不穷的"大女主"题材,到整个互联网洋溢着热闹的女性主义,似乎都在表明我们已经进入了男女平等的时代,但现实中,职业女性的处境真的有改善吗?

一个未婚女孩找工作,入职新公司时,被通知要去做"孕检",她内心有些抗拒,但觉得得到一份好工作太不容易,还是去做了。

一个师姐读研究生期间,在一家公司实习,老板和同事都很欣赏她的工作能力，结果等到毕业时，公司给她的回复是："这份工作需要更持久稳定的员工。"与此同时，和她一同来实习的男生转正留下，成了正式员工。

这些都是真实发生在我们身边的事情，甚至，有些对女性的歧视是藏在"友好"表象之下的：

比如"这份工作太辛苦啦，女孩子就别那么累了"；

比如"同一个晋升岗位，你落选的理由不是工作能力不行，而是担心你敏感、情绪化，不擅长处理人际关系"；

比如"女性怀孕期间，公司以照顾你的名义，把出差、竞标、重要项目的参与机会直接分给同组男生"。

……

诸如此类的事情太多太多了。

世人希望你温柔，又说你太情绪化；

世人鼓励你理性强大，却形容这样的女强人是"男人婆"；

世人眼里的女孩是美丽的花朵，柔弱需要呵护，却不曾想过，我们是否可以选择做一棵挺拔的树？自由生长，独立过活，不需要依附任何别的存在。

时代在变，我们对女性固有的印象和偏见都该打破，那些已成形却落伍的"职业模式"也要变。

职场这个大花园里，应该百花齐放，可以有带着蓬勃生命力，一路过关斩将的"屠龙少女"。

好的职场环境，应该是开放的、多元的、包容的，能够让人们身处其中敞开自我，分享并感受工作带来的幸福感。

女性独立、女性成长、女性职场歧视的话题，这并不单纯是"女性"

自己的议题，更是我们所有人，甚至整个社会都应该参与其中的。

我采访到三位不同年龄、不同生活背景的女性，讲述属于她们的故事，只是静下心来听一听，不必愤慨也不急于批判，再做出我们普通人的努力。

二

阿阳，23岁，刚大学毕业。

她坐下来就和我吐槽："天哪，晓雨姐，我无法想象，我几乎去面试的一大半公司都问了我同一个问题：'你有男朋友吗'？"

第一次被问这样的问题，阿阳觉得只是人事专员的随便提问，第二次、第三次、第五六次被问到之后，她陷入了困惑：恋爱与否，和我能不能干好眼前这份工作有什么关系吗？

在某次面试结束之后，她没忍住，向坐在对面的人事专员姐姐抛出了这个问题，对方愣了一下，然后环顾四周，顿了顿，给她讲出两种不同的答案。一种是站在公司角度，可能会更希望听到的回答是"有男朋友，但暂时不会结婚"，这意味着女孩此时有一份稳定的感情，不会随随便便为了一个人就跑到对方的城市发展，所以这也是许多面试官在问你"有没有男朋友"时，还会同步问到另一个问题"你是不是本地人"的原因。通过这些看起来毫不相干的问题，大致可以推测出女孩的生活状态。

阿阳听到这里更不理解了，脱口而出："为什么在大家印象里，女性就是为了感情不管不顾的'恋爱脑'呢？"

当然，在阿阳看来，并不是说为另一个人去到陌生城市就是不对的、冒失的、不负责任的，而是在公司的价值判断里，这样的行为好像就一定会发生在女生身上。

人事专员姐姐讲出第二种答案。

站在同为女性的角度,她说确实正因女性的"艰难",而不得不多考虑一些。对求职者进行多维度判断,招聘一个人,她的工作能力是一方面,而这个人背后的性格、家庭和生活状态,也很重要。

阿阳反问:"那公司在选择员工时,会因为女性的年龄、婚育问题而做出倾斜判断吗?"

对面的人事专员姐姐清了清嗓子说:"倒也不是,我们公司还好,主要是有个部门的女同事刚休了产假,我们不希望再招一个很快就结婚怀孕的员工。所以我们总要把个人情况、家庭情况综合了解清楚,再给您回复。"说完这话,两人陷入了沉默,当天的面试就这样结束了。几天后,阿阳接到某软件上人事专员的回复,说她不适合这份工作。

当我们坐下来再聊这个话题时,阿阳自己都乐了,其实这家公司在面试中根本没聊太多她的个人作品和工作内容,第一轮面试,仅仅停留在对女性的审视当中罢了,这令阿阳很失落。

"我想,没有一个男生在面试中会被问有没有女朋友吧。"她无奈笑笑。

三

第二个采访对象,是我的前同事——为了一份工作,她曾打掉过一个孩子。

应对方的需求,她将以匿名方式出现在书籍里,我们就称她为"L小姐"好了,她今年刚满30周岁。

我们认识的时候,她已是当时那家公司的高管,年轻有为,从国外留学回来就进入媒体工作，曾经是我眼里的"拼命三娘"，但她的努力不是为了晋升，也不是为了单纯赚钱，更偏向实现自我价值。

我还记得有一年，我们在三里屯的某个清吧里见面，她点了杯"丛林鸟"，那是一杯混合了朗姆酒、菠萝汁、青柠汁的鸡尾酒，她让我尝了一口，酒在舌尖上跳舞的感觉，口腔里充斥着热带雨林般的辛辣和清甜。

我们俩不胜酒力，借着微醺的状态打开话匣子。她说她就好像一只丛林鸟，穿梭在大千世界，累了就靠在树上歇歇，但只有沿途的风景才是她真正的"精神食粮"。

她是真的热爱她的工作，靠着一己之力，把我们当时整个部门的业绩都扛了上去。后来在我离开公司那年，她成了大老板的得力助手。

没多久，疫情来了，公司业务受到灭顶冲击，不得不大量裁员，L小姐是最后一波被裁掉的，老板给了她不菲的赔偿金，她干脆想着那就趁这个空当把婚结了吧。

她和男友恋爱多年，对方早已求婚，但一直忙到顾不上策划婚礼的她，就这样迎来了一个长假。

L小姐是在2021年结的婚，之后她和爱人去云南旅居了一段日子。休息够了，决定回到北京来重新找工作。

L小姐对自己的能力绝对自信，那些年的打磨和积累，使得她比同龄人走得更快。一开始她不以为意，觉得自己可以很快找到工作，结果现实狠狠打了她的脸。现在的高级招聘岗位本来就少，更多是执行岗，薪资也不高，这些公司也不是L小姐的理想选择。

好不容易有一次，她面试了一家国内著名影视公司，各方面都很匹配，结果在出门时，偷偷听到人事专员说，这个面试者各方面都不错，可惜就是结婚了。那一刻，她才真正理解什么叫"女性职场歧视"。

无论你的能力大小，级别如何，这是每个女性都可能遇到的问题。

"30岁，已婚未孕，我惹了谁？" L小姐想不通。

好朋友劝她，如果你想找到一份合心意的工作，就要在面试时回答"虽然结婚了，但最近几年没有生孩子的打算"，如果是三年前的L小姐一定觉得很扯，我们为什么要对一个不相干的人做出涉及个人隐私的承诺？

但在现实面前，还是不得不低头。毕竟两个人刚结婚，在北京买了房子，每个月的房贷可不管你开不开心。

我忍不住问："所以你靠这样的回答找到工作了吗？"

L小姐说："故事后面的走向你一定想不到。"

正在L小姐火急火燎找工作时，她发现自己怀孕了，检测出怀孕结果时，她第一时间把这个消息分享给了爱人，两个人先是惊喜、期待，继而又陷入巨大的迷茫，好像此刻这个孩子来得"不合时宜"，归根结底是L小姐还没有做好"当妈妈"的准备，此刻的她更想重回职场，找到自己的位置。

"那段时间我真的很痛苦，那是我的孩子啊，我怎么可能不心疼？但我没办法，大环境太差了，我担心生完孩子再过几年我更没工作机会了。"

说到这里，L小姐的声音开始有些颤抖，我也明白她为什么强调说要匿名了。

她红着眼眶，看得人揪心："晓雨，对不起，我真的没有办法回忆这段，我觉得自己太残忍了，那样对待一个生命。可我又有什么办法呢？在成为自己和成为母亲之间，当下的我只能选择一个，那就是先找到自己，或许是时机不成熟，我也不成熟吧。"

去医院做完手术的那天，L小姐站在人来人往的街头，第一次对生活产生了恍惚。

全世界都告诉你，要成为一个好妈妈，一个好妻子，一个优秀员工，那我们自己呢？想成为什么样的人？

内心有了一套标准模板以后，L小姐再去面试时索性放开了。

她想，反正我确实最近两年也不打算要孩子，还想多几年个人的空间，这样说，不算撒谎，只是别扭，生不生孩子为什么不由自己决定？

在世贸天阶的楼上，明晃晃的落地窗前，那天天气很好，阳光落在会议室里，衬得这里不像办公室，倒像咖啡馆，坐在对面的面试官和领导也很好，大家相谈甚欢——就在L小姐觉得胸有成竹拿下这份工作时，有个声音传出："那你最近几年有要孩子的打算吗？"

听到这个问题，L小姐第一次没有厌烦，而是觉得窃喜，就像背了一整夜单词第二天被老师抽查到的感觉，她说出那个标准答案："不会，我正在职业上升期，而且我非常喜欢这份工作，肯定是以事业为重的。"

而接下来的一切，超出L小姐的预料。

对面的女性面试官看起来40岁左右，如果入职将是L小姐的直属上司，她幽幽叹了口气，说："你已经30多岁了，如果不选择做'丁克'就早点计划生孩子吧，不然等到了我这个岁数要孩子就很困难了。虽然工作重要，但我觉得生孩子更重要"。

瞧，有时候我们带着自以为是的标准答案去迎合这世界时，你会发现，压根儿无解。

最后的最后，L小姐还是没有去这家公司。

没多久，她找到了一份工作，虽然不是大平台，也没从前那么高的薪水，但好在老板和团队氛围很好。

没人问她什么时候生孩子，而失去过一个孩子的L小姐暂时也不打算生育。

四

单身时，他们问你有没有男朋友；恋爱期，问你打算什么时候结婚；如果你已婚未育，有可能会在第一轮面试时刷下你；已婚已育回归职场的女性，也会遭受歧视，因为他们不确定你会不会要二胎，担心你无法出差，担心你无法全身心投入工作……

总之，女性在职场当中受到的"隐形限制"实在太多了。即便我们不谈论，也不代表问题不存在。可是换一个角度来想，作为老板、猎头和企业方，似乎也很无奈。

很多工作的确需要"稳定性"且工作强度大，如果女性怀孕了，就可能会造成企业内部的再度分工和人力倾斜。但，这并不是某个人的错，更不是被忽视、被过度"友好照顾"、被优先考虑退出项目的那个女性的错。

今天我们把这些现状摊开来聊，并非指责谁，而是试图从真实的语境出发，一起来探讨有没有更好的可能性，更合理的解决方案。

或许，漫漫的故事会给大家一些思考。

漫漫今年37岁，有了自己的宝宝，在孩子出生以前她非常担忧，万一因为休产假，再次回到职场，却没有自己的位置了怎么办？所以她在坐月子期间都是一边休息一边抽空拿手机回复工作消息。

等到真正回到工作岗位的第一天，她惊讶地发现公司二楼原本放杂货的房间，被收拾得干净整洁，变成了一个母婴室——专门为公司有孩子的妈妈们准备的。

为了能让宝宝吃上母乳，过去许多新手妈妈要偷偷到厕所"吸奶"，而现在公司专门开设了这样一个房间，里面还放了一个冰箱，方便当了妈妈的女性员工来这里存放母乳。

漫漫在这家公司只是普通员工，并非高管，也不是什么"老板的亲戚"，她找到人事专员了解情况并表达感谢时，行政部主管对她说："这是老板的意思，不是为某个人开设，而是为所有的女性提供方便。"

虽然这家公司的老板常年不在公司里，但很关心员工的需求，从工作分配到为员工提供帮助，都尽力温柔以待。而这恰恰也是漫漫愿意留在这家公司这么多年的理由之一，它虽然并不是行业里的领头羊，也不提什么打鸡血的"狼性文化"，却踏踏实实地为每个员工考虑，保障好能力范围之内的福利。

听到这里，我忍不住感慨："你们老板人真好啊。"

漫漫笑笑。一家公司的企业文化和创始人本身有着分不开的紧密关系。或许，这也会成为未来年轻人选择工作的标准之一——除了钱，这里是不是一个有温度的地方？

一个真正有生命力的"好公司"，是离不开人文关怀的。

这世界你只来一次，
尽兴点吧 ▶▶

不是走得快的人一定能等到公交车，
而是提早一点到，耐心等的人，才能等到。

一

这天，我突然看到在社交媒体上消失了一阵的桃气姐姐的消息。

她不仅出了一本历史类新书，由她拍摄的短视频还入围了悉尼国际电影节。

视频中的她，身着白色衬衣、百褶裙，大步流星迈向品牌签名板，马尾甩起来的样子，像极了旧时香港电影中的女郎。

我和桃气姐姐认识好几年，时常恍惚比我大十几岁的她，为何有一种"时间在她身上停驻"的感觉：不单是年轻，而是在她身上，同时出现了好多种"年龄感"——面容青春，心智成熟；有一份孩子气的天真，还有老者的宽容和平和。

第一次和桃气姐姐接触，我惊讶于怎么有人能在主业之外，还把自媒体上的读书博主副业做得这么好。

"一个人""日更""高质量"这几个关键词组合在一起，做过内容的人都知道，这甚至是"不可能三角"，但她愣是做到了。

回想起来，我自己平日里那么多自以为是的忙碌、拖延和搪塞，不过是给自己偷懒的借口罢了。

真正厉害的人，会主动掌握生活节奏，而不是被带着走。

后来我们成了知己，我才得知，桃气姐姐的本职工作是澳大利亚某企业的高管，她的年薪很高，凭借自己的专业和实力早已站稳脚跟。

不但在工作上取得成就，她更是一直锚定在个人成长上不断淬炼出了强大内核。

除了自己的主业之外，她仍旧抓住一切新鲜的机遇，带着探险家一样的精神，全力以赴在自媒体的路上。我曾问过她："你说不是为了赚钱，也不是为了流量，那为什么这么拼？"

她的回答出乎我的意料。

她说因为她有一个可爱的孩子，她希望用自己的身体力行告诉孩子，每个人都可以成为自己喜欢的样子。

去做自己喜欢的事情，前提是做好承担风险的准备，尤其是她深耕在读书博主这个领域，不断地阅读、积累、内化，用自己的生命经验去诠释每一本书，对话平行时空里那些伟大而有个性的作家。

这些事情并不"快"，在浮躁的互联网氛围里，复制一个读书博主很简单，但真正成为"自己"却很难。

我很喜欢桃气姐姐的一个原因是她从来不和别人对比，永远默默地做自己认为对的事。

事实上，我们所追求的绝大多数愿望，从发射到抵达宇宙中心，是有一个巨大的"时差"的，好多事都是要很久以后才能追认它的意义。

有些人中止在送"心愿快递"的路上，因为堵车，因为什么都想要，所以渐渐被湮没在人海；有些人会把自己的遗憾归结为上天不公。

其实，命运给了我们每个人一大串钥匙，有的人有耐心，一把一把尝试拧开，不断更迭视角，幸运地打开了属于自己的哆啦A梦魔法屋；有的人太过于心急，光是在一大串钥匙里挑三拣四，就已经蹉跎了大部分时光。

很少有人那么幸运，一次就中，但如果你愿意挨个去试，总有一把钥匙适合你。

当然，也有很多人，选择丢掉钥匙，直接劈开生活的大门，这些勇敢的骑士会开拓新的生命版图。

我始终觉得，有些人是注定会发光的，因为他们的内心总是被一股神秘的力量搅得不得安宁。

当你焦虑时，或许是命运在促使着你以某种方式站起来。

二

在2022年的时候，我家里发生了一些变故，导致我很长时间没有办法正常工作、正常社交，有一段时间，我甚至丧失了本能的表达欲，整个人处在一种能量极低的状态里。特别崩溃的时候完全无法入眠，只能眼睁睁看着天亮。

有一阵儿，我特别害怕鸟叫的声音，因为那意味着窗帘外那个逐渐透亮的现实世界又回来了，而我却无力招架眼前的生活。

因为家里发生的事情太突然、太私密，我完全没有办法去和身边人分享，在大段封闭的日子里，我不知所措，感觉自己就像飘浮在云端的岛屿，无处可依，随时可能坠落坍塌。

于是我只能一次次地回到阅读里，回到文字里。我开始拒绝那些无意义的社交，减少对外界和互联网热点的关注，不再倾向于向外求，而是扎扎实实地像一块海绵一样专心吸收写作有关的知识。在那些古往今来的历史故事里，我意识到此刻自己的错愕与痛楚不过是通往自我的必经之路，后面竟真的从逃避心态逐渐改变，开启了另一种视角——有没有可能我的"疼"对别人来讲也是有参考价值的呢？

只要你有思路，就会破掉所有死路。

我把自己的读书笔记分享到自媒体；我把自己的所思所感和一路写作的故事，站在直播间里和更多朋友真诚分享；我发现，我不再隐蔽地成长，而是愿意将自己的高光与狼狈都交付出去。在这个过程里，那些被压抑许久的情绪得到了释放。

好像写出来，就真的不疼了。

人生就是如此，你渴望什么就会被什么局限，你害怕什么就会被什么找上门来。

当你真正把所有的经历都只看作故事的一部分，就真的拥有了抽离的能力、觉醒的能力，这恰恰是我们身为"主人公"的特权。

在那些暗淡无光的日子里，分享的意义不只在于互相点亮，更是一种对这个世界默默无言而持久的爱。

你会发现，原来一个人的幸福并不来自得到，而是因为给予。

后来的日子里，我的生活逐步回到正轨，神奇的是，因为我的分享，很多人鼓励我去做自己的读书会，又有很多朋友在我身上看到了"普通人写作的可能性"，开始催促我去做私教、去做有温度的写作

"陪跑"……

我从一个全职作家到把热爱变成事业的新个体创业者，花钱都学不来的职业转型路径，就这样莫名其妙被打通了。

当我再次出现在大众眼前的时候，并非焕然一新，而是在无数个叠加的瞬间里，我成了一个丰富而利他的"晓雨"。

我依然纯粹，带着自己16岁的文学梦想。

我仍旧赤诚，带着自己20岁的意气风发。

我心怀感恩，带着自己26岁的职业积累。

同时我也开始变得成熟、宽阔，不再完全是少女时代非黑即白的偏颇，我好像能接受更多的不如意和无能为力了。

不是"看开了"，不是变成了一个爱讲大道理的大人，而是成为切实和生活肉搏过的人，没有了那么多的执念。

我的心还是一座花园，种满了我喜欢的植物，但不再强求每一朵花都要盛开在适合的季节，热烈或枯寂，早衰或压根儿不开花，都很好，甚至，我可以不种花，我可以种树、种蒜苗，可以在这座花园里建一个拳击馆。

我再也不被定义了，我允许自己不够美，允许自己的脆弱与瑕疵，允许自己不被别人喜欢，允许自己的这座花园不长成想象中花团锦簇的样子，允许在寂寂无闻的时光里，错过你。

只有安静下来的人，才能听到神的声音。

在写这段文字的时候，我坐在三里屯机电大院的一家咖啡馆，这里装满了绿植，放着充满节奏感的轻音乐，丝丝缕缕的凉风吹过来，远处有年轻的女孩子互相拍照，我抬头看向屋顶的玻璃窗，幻想假设我们都是生活在玻璃器皿里被观察的"实验品"，神对我们有什么期待呢？

我想，可能神对世人的爱是一种"看开的任性"。

我们是自由的，可以选择任意姿势瘫倒在沙发上，可以点喜欢的饮料，可以走出去，甚至可以砸碎头顶的玻璃，跳出眼前的"井"。

所谓的人生剧本，是给你笔，让你自己来书写。

不要再去听那些充满作弊和伪善的"弹幕"，已经有太多人告诉你，什么是正确的，什么是快的，什么是效率更高的，而我只想说：用你自己喜欢的方式去生长。

三

我有一个作家朋友，在写了十几年网文小说后，突然卖掉了一部古风小说的影视版权。

一笔稿费，胜过这十年的累计收入。很多人觉得他幸运，说这是难得的机会，说那个长篇故事写得太好了，还有人背后说他"踩了狗屎运"……

怎么说呢，这件事在我看来一点儿都不意外。并不是因为他这个故事写得尤其好，而是因为他已经认真地写了十几年。在这本被卖掉影视版权的小说之前，他已经写了上千万字，在不同的平台，用不同的"马甲"，即便在所有人都不看好的"影视寒冬"里，许多人纷纷转行，他仍旧在用自己的热爱，延绵着每一个故事的生命线。

我见过他创作时的样子，一个少年，为了自己的写作，从十几岁到近不惑之年，几乎每天都在写，甚至是自己结婚的当晚，都写了3000字。这样的人，赢在足够笃定。

当你陶醉在里头的时候，幸运就会跑出来。

这样的故事每天都在发生在我们的周围，我始终觉得，没有什么人是横空出世，也不存在绝对的机遇和风口，每一个站在台前大放异彩的人，一定都经历过无人问津的一段时光。

而决定了我们做相同的事情，迈向不同结果的关键，恰恰就在于你如何对待这段时光的方式上。

自怜自艾忙着羡慕别人的人，只匆匆忙忙看了一场电影；另一小部分将迷茫与焦虑转化成具体行动的人，从看台上纵身一跃，变成了自己生命的导演，用尽全力构建出令人动容的人生剧本。

我们都要学会大胆做梦、沉浸式做梦。当你把全部的注意力都集中在自己喜欢的事情上时，会惊讶地发现，这个世界什么都没有了，只有你自己。

再投入一点，再耐心一点。

保持安静、专注、敏锐，幸运来敲门的时候，你才能听得见。

人生漫长，你不必慌张 ▶▶▶

风吹哪页读哪页——
人生是不是旷野不重要，重要的是"在路上"。

一

我在 20 岁时常纠结：回家乡还是留在一线城市？到底要和什么样的人在一起？如何平衡个人爱好和职业成长？

这些问题在互联网广泛的生存焦虑中如影随形。

如果执着于一个明确的答案，总有人告诉你"毕业得进大厂""30 岁前女孩要有套自己的房子""35 岁再不结婚生孩子就掉队了"，社会给我们设立了一个又一个坐标轴，等着你打卡拍照。

从小我们就被教育要有一个梦想，你没有一个明确的目标，仿佛就不能进行人生这场游戏，可真实的世界里不是每个人都有梦想，也不是每个梦想都能被实现。

即便如此，微小的我们也在奋力探索着。

跳出社会时钟来看，迷茫恰恰意味着拥有无数的可能性。

二

"这个班真的非上不可吗？"

我们读书会里几个马上面临毕业的年轻朋友，热火朝天地讨论起来。

这也是我平生第一次认真思考，人可以不找工作吗？这句话被我打出来的此刻，下意识地心惊，好像在说什么"大逆不道"的言论一样，但写作的本质就是一场反叛，带有独立思考的书写才有意义。希望这本书是开阔的、多元的，能够带大家了解不同职业成长路径。

行动是自由的，为何我们如此不快乐？

年轻人到底向往什么样的工作？

在理想与现实之间，是否存在一种权衡之术？

从前些年大火的日剧《我到点下班》，到近年来"大厂裸辞去追求人生旷野"的年轻人，青年们的阅读读物也从小资的时尚杂志到更能走进真实世界的《工作、消费主义和新穷人》，好像越来越多的年轻人在主动打碎滤镜，走出象牙塔，前往真实世界，并且开始有意识地主动探索个人的工作哲学。

跳出老旧的职场规则，越来越多00后决定制定自己的规则，这样的现象背后，其实是新一代年轻人的自我意识觉醒。

混沌的日子里，我们要先读懂自己的内心独白。

我和小羊是在一次文化研讨会上认识的。她是Z时代的年轻人，在北京外国语大学读书，专业是法学，相识没多久，她就前往法国留学做交换生去了，原以为下次见要很久，没想到在这个春天，我们见面了。

得知她是"休学"回国，选择gap一段时间来自我探索，我还是非常惊讶,问:"你家人同意吗?"

"同意呀,我的休学申请书还是妈妈给我签的字。"小羊同学顶着一头可爱的羊毛卷,笑起来像是童话里的人物。

走在四月的朝阳公园里,工作日人很少。微风和煦,湖面泛光,我们聊起彼此最近两年的尝试,她给我讲自己在法国的家庭寄宿生活,说太馋国内的火锅和鸡蛋仔了。在异国他乡的日子,她成长很快,向来不擅长独自生活的她变得能够独自解决问题了,但是和"法语"打交道越深,小羊的内心就越来越浮现出一个问号,这真的是她喜欢的事情吗?

好像比起成为一名翻译,或者将来进入外资企业,成为典型的都市白领,小羊更喜欢与人打交道,更喜欢交流和分享,也更在意个体的价值。

她和我说,她在学业之余辅修了心理学相关的一些课程,还了解到"人生教练"这个新型的职业。她选择休学一年,就是想要通过自己的力量去实践,看看什么样的职业方向会是自己更想要抵达的彼岸。

在小羊的身边,我竟也神奇地放松下来。

这段时间恰恰是我写作的瓶颈期,整个人夜夜失眠,状态不太好,总是担心写不出好的东西来,而和这个年轻的、有趣的"小朋友"在一起,好像不那么紧张了。

我关掉手机,和她在朝阳公园疯玩了一天,两个人坐了减速版的"儿童跳楼机";在海盗船的船尾被高高吊起的时候张开双臂,放肆尖叫;在鬼屋里认真讨论"在游乐场工作是一种什么样的体验"……累了,我们就坐在路边的长椅感受阳光、虫鸣和呼吸,原来当我们跳出既定的生活剧本时,会恍然发现,自己不只是演员,更是可以主宰命运的导演和编剧。

小羊说她刚开始提出"休学"这个想法时，身边的人觉得很疯狂，但当她和父母认真沟通过后，和学校的老师、学姐抽丝剥茧讲出自己内心的真实想法后，大家还是鼓励她用自己的方式去成为自己。

人生很漫长，你不必慌张。当我们全身心投入自己认为值得的事情，就是一种修行。

在和小羊聊过后，我也意识到可能是我们过去对"工作"的理解太狭隘了，认为必须要坐在办公室、必须朝九晚五、必须要追求高薪和晋升……可总有那么一小部分人的追求并不在此，倘若可以用自己的方式"踩"出一条路来，也未尝不可，前提是可以解决温饱问题。

20多岁正是疯狂试错的年纪，人生谁不是一边跌倒一边爬起。

小羊说她现在已经开始接一些朋友们的咨询了，未来并不确定是否会成为一名全职的"人生教练"，但和每个人的沟通过后，都让她对这个世界产生更浓郁的好奇心，接触的各行各业的人多了，亦能打开她的视野，增长见闻。

像她这样的年轻人越来越多，去生活中"实习"，不再是特例。马克思说人的本质是"劳动"，"劳动"是人和动物的根本区别，只要是能够给社会创造价值的劳动，就都是有意义的，无论它的形式是上班、干副业，还是进行其他更多元化的探索。

三

和小羊不同的是我另一个好朋友泛函，就是前面我写过的那个故事的主人公。

他从大一开始就不断折腾，没毕业时就已经有精彩的职业履历——去互联网大厂实习过；登上过演讲舞台；作为实操派选手，参与了好几个从0到1的项目；在知名媒体担任课程主编；在社交媒体上也小有名气……

无论是大厂还是创业公司，他都曾经实际地参与过，永远创意无限，永远活力满满，带着"学习到的一切皆能为我所用"的心态，在互联网上愣是闯出了一条自己的自媒体之路。

小羊是"佛系"、松弛感和内心丰盈的代表；泛函则是面对自己想要的人生，永远第一时间精准出击。这两个人都是我身边优秀的年轻朋友，却有着两种完全不同的生活方式和职业观。

现在年轻人的选择好像更多元，互联网上流行的说法"00后整顿职场"，在真实世界里，倒像是对生活进行另一个维度的探索。

他们更懂得勇敢争取自己的权益；他们反对职场说教，忠实于自己的情绪健康；他们并不惧怕"权威感"，而是更听从自己的内心。

比起对"铁饭碗"的追逐，他们更愿意综合判断自己的职业发展；比起传统的优绩主义、结果主义，他们并不执着于某一次成功，而是更看重自己长期的探索。

所以无论是勇闯职场的无所畏惧，还是选择"慢一点，先去看世界"的不同探索，都印证了新一代青年们对自我的追求。

拉丁语中有句谚语说：*比完成工作更重要的是完善干活人的人格。*

只有先找到自己，才能找到所谓的"好工作"。

除了和刚毕业的朋友们探讨之外，我也和职场上的学长学姐展开了一些多维度的分享——为什么越来越多年轻人不想上班了？

此前我们常常觉得是"物质问题"，很多人下意识会觉得如果赚够了钱就选择远离工作。可我身边一个蛮有钱的朋友坦言，她自身的职业积累已经带她实现了世俗眼中的"财富自由",可她依然没有办法脱离职场,理由是觉得"不上班没有安全感",觉得工作带给她的核心价值不是金钱,而是在这个社会一种生而为人的价值体现。

她用自己很喜欢的作家稻盛和夫的语言来表达:在人类活动中,劳动会带来至高无上的喜悦,工作占据人生最大的比重。如果不能在劳动中、在工作中获得充实感,那么,即便别的地方找到快乐,我们最终也会感觉空虚和缺憾。

我好奇道:"这种劳动必须要通过工作获得吗?"

她想了想,摇摇头。

"你这么一说,我好像有了新的感悟。其实过去这么多年,我的全部重心都在工作上,所以我的价值来源也是工作。假设我没有这份工作,但依然能通过自主创业或其他形式来创造属于'我'这个人的个体价值,我也可以选择离开职场。"

我问:"这就是传说中的'只工作,不上班'吗?"

她双眼放光,说:"对,就是你形容的这种状态!"

只工作,不上班,成为越来越多年轻人的职业愿景。

有些时候,大家并不是想"逃离工作",而是想逃离不喜欢的氛围、不适合的工作环境、节奏快到让人模糊的"剧本"。所以比起试图随便跳槽换一份工作来改善生活,真正的课题其实是向内观,问问我们自己,到底想要过什么样的人生。

这个时代,没有一劳永逸的工作模式。随着 AI 智能化时代的到来,随着我们生产力结构的调整和时代进程中不断瓦解的社交结构,会有越来越多人逐渐进入一种新型工作状态,不再依托于旧时职业晋升路径,"工作"不再有通用指南,每个人都要依靠自己的力量去探索属于自己的成长路径。

比起等待和焦虑，我们真正要做的是，从此刻起，主动连接这个世界，而不是被动改变。

跳出框架，去描绘自己的蓝图，尽早通过实习、副业、靠近榜样，去看到人生更多可能性。

向内提升自我，向外释放信号。要有"自我革命"的精神，不能永远停留在原地，一次次用自己的方式去重铸脚下的路。

有的人出生就站在罗马，但我们一路走走停停，逛过去，也收获了风景；有的人行驶到半路突然惊觉，原来"罗马"并不是自己要去的终点站，索性停下，在轨道一旁支个摊子，开间小酒馆，变成风景里独到的一部分。

不要被这个世界所定义，无论上班与否，只要能够用自己的方式养活自己，就很了不起。

不知道是从什么时候起，我发现自己压根儿不想去"罗马"，羡煞旁人的目的地，我就要去吗？你拥有不站上大舞台的权利。

成功与否不是被他人定义的。小时候你想成为演员，长大后去鬼屋当 NPC（游戏中不受真人玩家操纵的游戏角色），也还是做着喜欢的事；你想成为改变人类命运的企业家，失业后，回乡开了小卖部，送一瓶水给环卫工人，何尝不是实现了自己的人生价值。

风吹哪页读哪页——人生是不是旷野不重要，重要的是"在路上"。

植物与阳光，
是去除"班味"的秘方 ▶▶ ▶

不是人人都热爱工作，
那些享受其中的人，
更多是热爱工作状态中所折射出的自己。

一

清明节假期，我哪儿都没有去，朋友喊我去他新开的公司聊一些内容方面的事情，不远，就在高碑店，距离我家不过15分钟的路程。

去之前，我打包了一瓶白葡萄酒作为礼物，庆祝他正式踏入创业大军。

说起我这个朋友，他真的很聪明，特别擅长整合资源。我们最初是同行的一个姐姐介绍认识的，当时他在业内一家名声还不错的媒体做商务渠道，自己外面还运营着一个视频团队。

他身上优点挺多的，热情、上进、反应快，赚钱的事情永远想着分给身边人一杯羹，我们熟起来以后，每次吃饭都能聊出些有意义的东西。

他去创业，我一点儿都不奇怪，有些人就是这样的，天生适合做领跑员。

我很欣赏我这个朋友，最大的原因是他是个"在功利面前仍抱有对于人情的天真感"，某些商业逻辑可以套用，但一个人的特质无法复制。

后来我知道他总能有那么好的资源，除了有稳定合作的客户关系的原因，是因为他足够真诚，从不耍小聪明，能够做到在利益面前与人坦然相处，从不玩虚的，这点很难得。

他现在团队里的后期剪辑都是高薪聘请过来的，但凡有加班的项目，都会按照成品质量计算绩效提成。

他开玩笑地和我说，他现在每个月员工支出成本几十万，算下来赚到自己手里的钱可能都没有之前上班多。

"但更重要的还是做事情吧，一个人找到自己的职业和创造出自己的事业，这个成就感还是有递进的。"

他找我聊，主要是因为他现在的公司偏向于视频制作，在原创内容上还没有什么方向。

当然，不会传奇到一顿饭的时间就能使他立马确定清晰的目标，工作本身是个探索的过程，如果有人告诉你"这个事儿百分之百能成"才是危险的信号。

那天结束之前，他问我："你觉得我做什么样的内容合适？"

其实，这个问题没那么复杂。你是什么样的人，就会写出什么样的内容，做出什么样的产品，加入或创建什么样的公司。本质上，我们要做的还是先了解自我。

通常我们有个误区，总觉得有一个幻灯片等着我去完成，有一个会议等着我参加，有一大堆需要碰运气的客户等着我谈，可能话不投机，也可能相见恨晚……总之，我们在工作中的使命似乎总是充满了不确定性。

每天早上醒来,"去上班"是一种惯性,而非自觉性。

很多人都感觉自己是被动地接受了命运的安排,做不到欣欣然、客观地看待价值交换这件事。

我们常常在面对工作时,会在潜意识里产生趾高气扬的优越感,却忽略了,本质上,不是工作需要我们,而是我们需要工作。

"你不是不可替代的"是生活的真相。你不去做的事情,总有人可以去完成;你抱怨所拥有的一切,或许是别人拼尽全力想要靠近的。

我经常收到一些读者的私信,问:觉得生活特别没有安全感,怎么办?

我的答案很简单,去做事情就好了。

那些能够在工作中找到意义的人,并不是从事了什么了不起的职业。他们并不特殊,并不符号化,只是每个人判断工作的价值尺度不同。

同样是阴雨天,你可能会因为不方便的出行、溅到西装上的泥点而扫兴,但从园丁的眼光来看,下雨是自然规律,亦是万物茁壮的铺垫。

二

我们的生命中,最陌生的人其实是自己。

我们所了解到的自己,永远是镜子里的自己,是别人口中的自己,是那些活跃在社交网络或隐匿在中国式关系里的社会角色。终其一生,我们都在与自我同行,却无法触碰完整的自我。

我很感谢工作,是它安抚了我无数个躁动的分身,使得它们在某个特定时刻,愿意和平共处。

想起几年前我采访过的一位艺人,算是年少成名,前些年家庭纠纷产生的负面新闻导致他事业上陷入瓶颈期，后来因为一部网剧，重新杀入大众视线。

关于他的许多故事被重新挖出来，大众才意识到，原来他从来没有在这个行业消失，只是因为不够红，出演的都是小制作。

当时他聊起演戏，谈到一个观点，说工作带给他的意义在于为他单独搭建出一个世界，这个世界是区别于现实的，每出演一个角色，经历一段人生，都仿佛借工作的光去灵魂旅行了一次。

当然，演员这个职业有它的特殊体验性，但和其他工作是有共通点的，不论从事什么行业，我们总要去推进一些事情，在这个过程当中其实就是一种变相的旅行呀。

工作中所经历的情绪跌宕亦如四季风景——春时播种，秋日收获。

我们没有办法去尝试所有向往的人生，但可以选择一种相对舒服的工作模式，轻装上阵，沉浸其中，把所经历的都当作一场旅行，就惬意多了。

如果你喜欢，就 all in(投入所有)去一一体验，如果觉得哪里不适，随时可以换一条观光路线，不要有心理负担，轻松点。

不是人人都热爱工作，但我们都爱工作状态中的自己。

说了这么多，我并不是在夸张渲染工作本身的美好。经济独立、实现自我价值、找到一个生活的支点，这些听起来是不错，但谁都知道，大多数情况下，工作给我们带来的可能是躁郁不安或一连串琐碎而不得不解决的小麻烦。

换句话说，不是人人都热爱工作，那些享受其中的人，更多的是热爱工作状态中所折射出的自己。

徜徉在工作状态中的我,好像身上被笼罩了一层光,在庞大的社会体系中,因为工作而找到自己的一席之地,既满足了生存的基本需求,又解决了"我是谁"这道终极哲学题。想想,工作的确是大多数人的必经之路。工作的过程可以助力我们更好地完善自己的性格缺陷。

前段时间我听说一个词,叫"工作CD",意为在工作之前需要大量蓄力冷却时间。词中所含"CD",是游戏术语"cold down"缩写,有人把它生动描述为"打起精神来3分钟就能干完的事",可为了打起精神而做的准备,甚至超过3小时,是现代人拖延症和兴趣匮乏症的综合效应。

我自己身上也有这个毛病,经常在咖啡馆坐一整个下午,浏览一会儿互联网,吃一会儿东西,最终留给干活的时间没有多少。但若是可以克服、跨越工作CD这个坎儿,接下来就可以在工作中收获极大的幸福感。每超出预期完成一件事情,就好像重新认识自己一次,这大概是工作带给我最大的意义。

某种程度上来说,工作带给现代人的治愈力,比爱情还要充足。后者让你爱上别人眼中的自己,带来火花乍现的曼妙;前者则让你真正成为自己,循序渐进地,不露痕迹地享受喜悦本身。

三

现在的我会更愿意把工作看作自我修行的通道,做个"实心人",稳稳地接住这个世界真实的重量。同时,珍惜每一个好的工作机会。

我之前的某任领导,当时36岁,就做到了公司副总裁的位置。后来他拿到融资带着我出去创业。我算是在比较年轻的一段空隙得以窥见过,那批实力和运气都很好的人是怎么赚钱的。

他很早就在北京买车、买房、落户，我觉得他很厉害。有次吃饭聊到这些，他一脸正经地说："真不是因为我优秀，我只是幸运，大学毕业后来北京的第一份工作就帮我解决了户口问题，后面进入纸媒，赶上黄金时代，借着时代的浪潮迅速打好了基础。我敢跳出去创业，是因为大后方稳了，朝前走，不害怕被击退。"

后来我去采访一位企业家，对方是前高德、百度时代开发了国内汽车导航软件的第一人，曾风头无两，公司的最高估值，让正在一边说话一边做笔录的我默默咽下了口水。

那时的他已在转型，重新创业的路上。

2014年，移动互联网兴起，智能化的科技推动令这家过去的"巨兽公司"寸步难行。他当时的一段表达令我印象深刻："时代的美，是无人的美，就算没有'我'，这个'美'还是会发生，这个产品还是会由盛及衰，行业的洪荒革命从来不以个人意志为准。我们总是相信，自己是特别的。"

你以为靠努力得到的那些，不过都是命运的馈赠。

我当时年纪还小，只隐隐约约觉得我们从小到大被教导的那些道理，可能逻辑不完全成立，比如努力和成功的关系从未双向连接，只少数人能成功；比如付出与得到并不一定是正向循环的，想要握紧的东西往往握不住……这就注定我们这代人长大后，必然面对内心秩序的破灭。

怀揣着"敬畏心"去工作、去生活的人，不会使自己轻易落入高位的雄辩和低处的自怜这般处境，一个人的本性，在于对生命的具体态度。

长夏将尽，虚添一夕。怀真抱素，守心祛魅。

成功的路有很多，
愿你不被定义，一路高歌 ▶▶ ▶

灵魂是个半成品，剩下的意义由你赋予——
心有所期，晚一点实现也没关系。

人们总说校园是一个"象牙塔"，那毕业后我们又到了哪里？

如果把这世界比喻成一座巨大的城市，家庭是港湾，友情是令你放松的游乐场，马路上到处行驶着自由而张扬的个性，职场则像一个博物馆，集合了不同行业、不同背景个体们的"成长标本"。

理性与感性交织，过去和未来同在。

有人在幻灯片里藏起少年凡·高的秘密，在一场场和甲方对接的商务谈判里，竟听到马尔克斯的孤独与骄傲；在大雪后的地铁上，我看到抱着公文包匆匆掠过的中年人，竟联想到他意气风发在操场上踢球的模样……

"职场人"和"真实的我们"之间充满了意想不到又顺理成章的关联。

这本书写给每一个曾是小孩的大人，也写给每一个疲惫时想和过去的自己借点勇气的年轻人。

想改变世界的人很多,但职场的残酷,是先从重塑自我开始。

"当荷花占据了半个池塘时,开满只需一夜。"

希望下面的这个故事,能够帮助你积蓄成长的力量,点燃心中那团理想的火焰。

二

云枫,1993年出生的她,是浙江省某国企里的一位猎头顾问,定居在杭州。

她的工作内容简单来说就是给各大公司、大学、机构"匹配高质量人才",目前主要的两个领域:一个是针对互联网行业的人才,一个是为科研院所寻找科研人才。

上到中高管招聘,下到优秀的应届毕业生,都是她打交道的职业范围。

作为一位人事专员,她本身独特的视角和丰富的职场经验,都成为我探寻的动力。

大多数情况下,我们是作为一个"求职者""面试者"去接触一份工作的。

通常,我们见到的人事专员永远细心缜密,有条不紊,也似乎永远是站在"公司立场"的权益保卫者,我们对待人事专员,总像对待一位客气但很难交心的远方亲戚。

事实上,在和云枫深度沟通的过程里,我第一次意识到人事专员也是普通人,有着柔软、多元、丰盈的一面。

云枫叹口气:"因为各种原因,去年一年拒绝offer的人选还是挺多的,这件事情让我感觉挺挫败的。一方面没能引导人选做出选择,另一方面也感受到现在打工人的压力,会有多重顾虑,特别是女性很难在家庭和事业两方面做出平衡,感觉大家都身不由己。"

面试者找不到合心意的工作,人事专员无法帮助别人得到一份合心意的工作,就这两件事而言,"拒绝别人"和"被别人拒绝"是同样难过的。

这两年各行各业充斥的所谓"内卷"和大环境下的经济跌宕,确实让越来越多普通年轻人变得没有安全感。

就求职市场而言,除了交上一份合格的答卷,云枫也从人事专员的角度分享了"如何找到一份好工作"的独家建议。

时代在变,我们那些已经成形的、刻板的"职场应对模式"也要变。过去我们讲"情商",现在我们讲"一个人的能力就是最好的情商";过去我们讲"优秀",现在比起绝对的学历论,岗位与面试者的匹配度更为关键。

表面上看,大家的就业压力变大了,但从另一个维度看,是企业也越来越难找到适合的工作人员了。

造成这种情况的背后是巨大的信息差,和传统教育里我们缺失的实践经验分享。

对此,云枫给出了针对年轻人找工作的四个独家建议。

1. 看行业的生命周期

片面说"工作机会少了"这样的观点是无支撑力的。

事实上,这几年科技进步和疫情所带来的岗位收缩,主要集中在制造业、零售业等执行岗;而还有一些正在崛起的新兴行业正期待着人才扩充,如新能源汽车、人工智能、芯片等领域,建议大家平时可以多关注新闻和自己所学专业的行业动向。找工作时，优先投一些正在上升期的行业岗位。

2. 不要盲目投简历

云枫笑道："我们作为人事专员，每天可能要筛选上百份简历，这个时候，我们是没有精力依次详细完整地洞悉求职者的人生经历。"

比较好的方式就是，一方面在你的简历中给出对应岗位的"关键词"，比如运营岗，你可以在简历文件名中就标注应聘运营岗；另一方面就是可以针对所投的企业，更多展现"我就是你想要的人才"，这像是一个命题作文，需要求职者认真写作。

3. 你的信心决定成败

千万不要觉得人事专员没有回复我，就是"我不行"，更不要因为面试失败而患得患失，产生自我怀疑。

云枫在采访中坦言，面试失败的背后有很多因素，有时你的简历石沉大海，不是你能力不好，而是招聘方内部的变动。比如招聘名额突然没有了、组织架构调整了、候选人长相面试官不喜欢（偶尔真的有这个奇葩理由），等等，总之有很多奇奇怪怪的理由，跟你的实力其实没关系的。

"有时还会遇到乌龙事件，比如这个岗位看起来是开放的，事实上，可能是人事专员个人忘记关闭了。"

云枫笑得真实而敦厚。

4. 勇敢的人更有主动权

很多年轻人找工作只会在招聘网站上海投简历，而另外一小撮勇敢灵活的朋友可能已针对自己喜欢的公司，在社交媒体上想办法找"内推"途径了。

与其被动投简历，云枫建议大家面对喜欢的岗位主动出击。

当下互联网如此发达，如果你真的想了解、靠近一家公司，其实不难找到相关的员工进行内推，加速你的求职反馈流程。

当我们的野心撑不起欲望时，先保留信心；当我们的能力够不到顶峰时，就继续攀爬。

敢比会重要万倍。如果这世界没有向你抛来橄榄枝，就学会先去种你自己的树。

云枫说："想要找到一份好工作，肯定不能原地'躺平摆烂'，要把努力具体到行动上，去思考增加哪些职业技能、怎么制作漂亮的简历……只要想着心中的目标且朝之前进，迟早能够到达想去的彼岸。"

"你给出的专业建议，很实用，我开始好奇你的职业故事了。"

面对我的提问，云枫毫不掩饰："我自己就是一个典型的职场探索者，我并非人力资源专业出身，在进入这个行业之前，我做过很多其他的工作。"

在转型之前，云枫是在大厂做互联网电商运营的。

"在成为猎头之前，我的工作是在某大厂的电商部门，做过采购、运营，也做过分销，我们当时的内部岗位轮换非常快，哪里有需求就往哪里'搬'，我当时的状态就是工作完全吞没掉了生活。"

回忆起那段经历，云枫形容自己的感觉是，像困在一个笼子里，很不自由。和工作本身没关系，只是每个人的性格决定了自己适合走什么样的路。比起数据，云枫会对"人"更感兴趣，于是云枫决定跳出既定的职场轨迹，去探索一种新的成长方式。

她说："我原来在大厂，所拥有的不是核心复利的技能，我会担心自己35岁如果没有做到管理层,后面的路会变窄,在这种技能焦虑外加追求意义感的驱动下,我选择了离开。我当时手里其实有三个选择:一个是知名外企,一个是猎头,还有一个是考公务员。"

当时云枫仔细分析了自己职场转型背后的需求——她内心真正企盼的,并非单纯一份谋生的工作,而是希望在能够保障基本生活之外,通过工作来做一些有意义的事,对他人,对社会,能帮助自己本身有所成长。

"猎头很像红娘,能够看到不同人的发展路径,希望通过这种方式一边积累人脉,一边反哺给自己一些职场参考。虽然薪资比互联网大厂少了一些,但从长久来看,意义感更大。"

人事专员这份工作是可以帮助他人解决一些职场问题。她对于生命个体的深度连接有所渴望,于是在2021年,云枫果断加入了现在的公司。现在的她除了工作还拥有了"生活",私下的她喜欢研究心理学,平时也会做一些公益心理咨询。

采访过程中云枫开玩笑地说:"晓雨啊,其实咱们两个的工作有些相似,都会去接触不同的人,体验和感受不同人的成长轨迹。"

我深以为然,这也是我写书的意义所在。

三

了解一个人,不仅要看他的当下,更要看他的过去。我们当下的模样是无数次经历之后总和的存在。

云枫大胆跳出既定轨迹的职场故事,让我对她产生了深厚的兴趣……我们的勇气,绝非来自头脑发热,一定和内心深处的某个人、某个契机有着关键连接。

"是的,对我来说,在人生许多次的选择上,确实有个人影响我至深。"

云枫提到的这个人，是在她第一份工作中遇到的一个同事，对方致力于乡村孩子的情感教育，后来去哈佛读了儿童心理学的研究生，回国之后又再次做起了针对留守儿童心理健康的公益项目，已经十几年了。

"她打破了很多我脑海中的条条框框，让我感觉到人生发展有多种可能，成功应该是多种样子，职场路径应该也是多样的。没有完美的工作，其实人生的价值感都是自己定义的。不是一定要做到什么样的位置就是成功，追求自己想要的就是成功本身。"

在毕业后的几年，云枫有过一段支教经历。

当时她正在经历一段辞职后的时光，没那么快想回归职场状态，就想到了上面故事中的这位同事，对方曾在贵州那边帮助留守儿童。

"我还记得她提到这些时，讨论山里的孩子时整个人是发着光的。"于是云枫在和父母商议过后，踏上了支教的旅途。

云枫去的地方是贵州省兴义市威舍镇阿依小学。

"当时下了火车，又转大巴，那条崎岖不平的山路让坐大巴如同坐过山车一样。汽车颠簸，水盆里放鸡蛋都能碎的程度，在镇里买东西，骑摩托车要一个小时。怎么说呢，在支教的日子里，其实单纯看山区住宿和饮食没有想象中那么差，饭桌上像土豆、蔬菜、肉末都有，住的地方也还可以。山区乡村真正的窘境并不完全体现在表现衣食住行，而是深层次的教育和观念。我在那边见过一些人，是真的穷，但孩子们并没有觉得很辛苦。更让人忧虑的问题还是成长，当我们还在讨论怎么选择工作的时候，有些人是没有选择的。山区的孩子真的很难，许多人因为家境贫寒，只能放弃学业去打工，而没有太多知识作为支撑的这部分人，又只能选择更基础一些的岗位，如保安、保洁等。当我们今天讨论起 95 后 00 后的职场成长时，不该遗忘这些被忽视的山区里的一代。"

在贵州支教的学校里，云枫认识了同校的陈老师，对方是一位数学老师，湖北黄冈人，在来支教之前，是一位公务员。

他 25 岁时来到这里支教，每个月工资是 300 块钱，一待就是六年。云枫问他是怎么坚持下来的，对方只是淡淡地讲述了生活中的一个小片段。

"有一次，在和孩子去田里玩的时候，孩子突然问我：'老师，你觉得我们穷吗？'"

他当时心里想，其实没有对比，就没有贫富概念，但这些孩子们是怎么了解到"穷"这个字的？一定是在他成长中听过太多类似的比喻，当时他对那个小孩说："你们不穷，你们心里很富有。"

孩子说："那为什么没有一个老师愿意陪我们到六年级？"

他是在那一刻决定要带完这届学生的，决定一定要陪伴孩子们走完这一程。

在贵州的日子，陈老师释放了他全部的真诚，在教孩子们的时候，他真的非常快乐，身边人都感受得到。

这种力量也感染到云枫，她说："也许别人觉得他很傻，但我懂，他有自己的职业自豪感。孩子们的反馈比老板的反馈，更加能温暖我。"

多年后云枫提到这段经历时，诸多感慨："有了支教这段经历后，我的心态会放平，不仅看淡了焦虑，也更懂得自己想要什么样的人生。我在支教前是个特别要强的人，很多年里，我做事都是以结果为导向，一旦结果不好，就会苛责自己。但看过更多不同的生活方式以后，我对自我的评价体系改变了，不再单一，不再会轻易定义'失败'。"

当一个人真正感受和观察过这个世界之后,你会明白,人生有很多选择,并不是非要成为一个世俗意义上"优秀的人",每个人的活法是不一样的,自己认可自己比较重要。

现在身为人事专员的云枫,对自己的职业也有了新的体验。

其实做猎头的同时也是在做教育,把职场中的智慧与力量集结起来,给每个个体发挥的空间,同时尽可能最大程度在工作环境中激发人的善意和潜能。这或许是每个人事专员内心深处真正想抵达的职场乐园。

四

作为一个记录者,我很感谢云枫在采访中对我毫无保留,这些看似和职业成长无关的经历,恰恰在人生的深度方面,让我们有了更多反思。

每个"打工人"都必须有一种整理自我的能力,一种对自我深度了解、发散、重塑的能力。

当我们把自己置身于永恒不变的变化中时,你反而会更习惯这个时代,继而适应它、拥抱它。

无论何时,向前走就会有新出路,无须焦虑,只要不丢掉那份追寻心中理想的勇气,慢一点,也无妨。

在采访过程中,我们提到当下部分企业的"996现状"和年轻人希望拥有更多生活空隙的冲突。

云枫的看法是:"不需要把它们二元对立起来,认为前者不好后者就是好。其实这是两种不同的生活体验,首先要看自己属于什么样的人。本身是享受拼搏事业的人,那么'996'能让你觉得生活很充实,事业上有成就，同时能学到多种技能，未必不是一件好事。还是要自我探索，看看自己性格适合哪种工作节奏和状态吧。选择一份事业就是选择一种工作状态，本质的冲突不是来自外部环境，而是你对自我的认知。"

我们每个人都听过小马过河的故事，老牛告诉它"河水清浅"，松鼠告诉它"深不可测"，世事如何只有你自己亲自蹚过这条河流才知道。这也就是为什么有人拼命考公务员，有人却从体制内跳出来；有人削尖脑袋进入互联网大厂，而原本在大厂的云枫却转身选择了薪资没那么高的猎头行业。

了解你的个人优势，真实接纳自己的内心和性格，再去"选择一份工作"，或许才是解决焦虑的根本方式。

工作和恋爱很像，没有一份工作是完美的，也没有一个人能吻合你全部的幻想，人生不能"既要还要"呀。每一次出发都全力以赴，才能走出自己的"花路"。

生命本来没有意义，是我们劳动的痕迹、创造的痕迹，才得以给时间画上刻度，给生命赋予意义。

每时每刻都有无数人正在投出自己的简历，带着不同的期许。

无论你是经历着筚路蓝缕，还是正带着理想一路且行且高歌，都祝我们都将抵达梦想的彼岸。

05
带着一腔孤勇成为自己

任性是年轻人最好的权利,
我们都需要一种勇气,
不是必胜的勇气,
而是失败了也没关系的勇气,
我是我自己的靠山。

勇敢的人先享受世界 ▶▶

心在树上,你摘就是。
花在此刻,亲吻大地。
你爱什么,你就能成为什么。

一

老朋友都知道,前几年,我和好朋友小北在成都合伙开了一家民宿,想从"斜杠青年"这个角度来和大家聊一些心得。

有句话说"人在年轻时想变成任何一个人,除了自己",其实说得蛮有道理的,尤其是在信息爆炸的互联网时代里,好像别人做什么都赚钱,做什么都能成,要不要紧跟红利期和找准自己的定位是大家都在思考的问题。但我们容易忽略人的本能,如果你坚持去做你自己不喜欢、不擅长、不合适的事情,事实上,很难赚到钱,也很难让自己开心。

我的建议是,不要过分关注外界,而是向内,往深处探索自我——问问你自己真正喜欢的事情是什么。

我还记得第一次在公司见到小北的样子,当时她头发长长的,笑起来很甜,还没有大学毕业,但总有许多奇思妙想。眼里有光,外在温柔,内里坚韧。

这个我称之为"妹妹"的女孩,帮我策划签售会,陪我出差去各大城市,在我人生许多次无助的时刻,都是她在我身边。

初识,我们还是同事。我们两个说话的声音都给人软软的感觉,名字又很像,导致其他部门同事经常分不清我和她。后来我们熟起来,发现彼此三观非常契合,就成了朋友。

我们都不是那种看起来激进的类型,但面对自己坚定的事情,不会做出分毫让步。

当时我们是在一家青年社区的公司,做的事情还蛮好玩的,做很多年轻人喜欢的跨界品牌活动,和别的平台合作过音乐节,也和电子产品公司一起办过市集。我们还特意去了好几个城市去采访各种有趣的人,民谣歌手、文身师、插画师、手艺人。

还记得2017年夏天,我们在广州,靠近珠江的楼顶,吹着晚风看星星,聊起彼此的梦想。

她说,她最大的心愿就是可以开一家民宿,而且她坚信自己将来可以做到,不管是一年、两年、三五年,还是多久,这是她不会放弃的初心;我呢?我想了很久,虽然喜欢的事情很多,我这个人三心二意,能称之为"热爱""梦想"这样字眼的只有写作。

我不确定自己有一天能不能写出满意的作品,但我知道,自己会写下去。

2018年,她考虑到未来的定居,选择回到成都。不久她入职新公司,我也开始选择做自由职业。

彼此心情不好,或者感觉生活没什么方向的时候,会默契地第一个想到给对方打电话。

我问:"你现在还是想开民宿吗?"

她说是，所以在选择工作的时候，去了一家当地的旅行类自媒体，为的是积攒一些经验和当地的人脉资源。

中间有段时间我的状态很差，不想和任何人交流，她就提前给我买好了去成都的机票，陪我逛春熙路的方所，去人民公园里完全放空发呆，还带我去了我很喜欢的二手家具市场淘东西，一边逛，一边聊起来，她其实在那家自媒体做主编做得还蛮好的，但内心里还是对于办民宿蠢蠢欲动。

她问我怎么看。

我说："其实不管你相不相信，人最终都会去做自己喜欢的事情。你 20 岁时没完成的心愿，到 30 岁、40 岁，还是会悬挂在人生的记事簿上。为什么很多中年人会扔下稳定的工作突然辞职，去做一些别人看来可能是疯魔了的事情，就是因为人性本身会驱使着你往自己想去的方向。"

在成为武林高手之前，我们先要找到适合自己的武器。

二

我知道阅读这本书的朋友可能会有在校学生，或许有一天，你们毕业后也会面临同样的困惑：在现实与理想之间，该怎么选择？要不要去选择那条自己喜欢但可能大多数人并不支持的路？

我想说的是：如果你想做的事情，是将来你赚了一个亿后还是要做的事情，那就现在去做，时间会给我们答案。

当然，有许多人一辈子没有什么特别喜欢的事情，安安稳稳过日子，也挺好的。

但你是吗？

你甘心吗？

显然，我们两个人的答案都不是。

所以我和小北兜兜转转又成为并肩作战的伙伴，合伙开了一家婚纱主题的民宿，起名"with you"，既是她热爱的民宿，我也能在里面听到许多陌生人的故事。

尽管在这本书出版之前，我们的民宿已经关闭了，但这段经历却让我成长颇多。

我一直觉得人生就是阶段性的拥抱和告别，在这里，我想分享三个年轻人"搞副业"的经验。

1. 尽量搞低成本副业

在太过巨大的现实力量面前，我们不要去和所谓的理想硬碰硬。

你想搞任何副业，都要去认真考察市场、分析利弊。实体行业目前大多处于不稳定状态，投入太多，回报未知。

相比之下，你可以尝试一些低成本的副业，不需要投入太多现金流，比如做自媒体、写作、配音、做电商、做线上培训等，普通人相对更可控。

2. 做长线的事情，不能只看眼前得失

其实这两年我的心态转变蛮大的，以前总想着如何能走得更快一点，所以很多事做得粗糙，很多路造得不牢。

面对焦虑，要做的，不是浇灭它，而是与之共舞——如果你想要做成一件事，就不能只看眼前的利益，而是要把目光放长远，看三年、五年、十年，坚持下来会是怎样的光景，无论市场趋势如何变幻，"真

诚"永不过时。

尽管我们的民宿暂停营业了，但它依然为我和小北的个人经历添上浓墨重彩的一笔。

我们的场景化运营、生活方式空间的理念，在未来依然可以融入其他项目。

3. 人生就是一场副业：自成篝火，再说长久

这句话出自我很喜欢的诗集《小深渊》，"自成篝火，再说长久"——自身强大了，再说其他。

我现在觉得任何一件小事做好都不简单，无论是写作，还是开民宿，这背后没有捷径，没有速成班，必须要亲身投入，用长时间积累的经验和摸索才能占住自己的一席之地。

在梳理这些内容的时候，我同时在回顾自己这几年的经历，从毕业开始我就一直在"折腾"，做记者、写书、从新媒体大号裸辞，开启自由职业，现在又在尝试做自己的个人 IP。

生活就是在不断变化的，我们唯一能确定的，是自己内心深处的那个"锚"——对我来说，它是内容，我会围绕内容继续深耕下去，同时不停摸索新的副业。

人生原本就是一场巨大的副业实验，在我们"活着"的这条主线之外，不断去探索、去体验，失败也是故事的一部分。

那就，祝我们都能在泥泞小路中找到那个坚定的自己。

永远年轻，
但不能永远赤手空拳 ▶▶ ▶

"我已经很努力了，我比昨天更快乐，我值得更好的人生。"
每晚都要对自己这样说哦。

一

那天，我去哈尔滨理工大学做分享会，结束以后，同学们送我出门。

身边都是 00 后的男孩女孩，有那么一瞬间，我仿佛回到自己的学生时代，晚自习结束后，大家吵闹着要去步行街买一碗炒牛筋面的热络。

太久没有这样的亲切感了。

我有无数次想要回到学生时代。太阳穿行在低低的云层里，温暖的草坪，没有考试的时候随心所欲喝着橘子汽水看综艺，结交的朋友大都简单纯和，喜欢的人扭个头就能看见……

也会烦恼，也有压力，但是这些都会化为一种温柔的倔强的惆怅，乌云很快过境。

青春就像熨斗，抚平人心的皱纹。

二

刚毕业那两年，我总是安慰自己：没关系，可以慢慢来。你还没有看清楚这个世界到底长什么样子，你的不安、局促、犹疑，都是值得被谅解的。

就算偷偷懒，走一些弯路，只要没忘记自己的终点在哪里就算不得犯错。年轻人，要的不就是一番热泪盈眶吗？

人出于本能都会捍卫自己的选择，我用"体验"两个字，轻描淡写盖过自己的许多不作为。

之前看姜思达的《仅三天可见》，同步浏览了不少关于他的专访，其中有篇内容让我印象深刻，在娱乐圈摸爬滚打几年后，他觉得自己"局部活明白了"，这个词说出当下我的状态。

我以前很抗拒长大，非常理想主义，但现在的我好像更务实了。

就算还没有完全了解这个世界，但在它逐渐揭下面纱，露出不那么美好的一些方面时，我终于不再躲闪了。

26岁之后我开始意识到，你可以永远年轻，但不能永远赤手空拳；你可以许一个愿望，但必须在黎明到来之际做点儿什么。天方夜谭和愿望成真，有时候只是一步之遥。

三

来日并不方长，认认真真过好每一天便不会慌，给年轻的读者朋友10条小建议：

1. 培养自己的一技之长

不论是学生党还是上班族，年轻时最要紧的是培养自己的一技之长，往细微之处说是兴趣爱好——绘画，舞蹈，看星星，好奇小汽车怎么能飞起来；往具体说是职业发展——内容、运营、商务还是渠道？有人向往八面玲珑谈生意，有人喜欢沉浸在敲代码的世界里不能自拔……

弄清楚"你擅长的""你喜欢的""你适合的"这三点的区别之后，去选择一个你自己想要的方向。

在没有拥有"核心技能"之前，不要总想着搞什么"斜杠青年"，这个词听着新鲜，但它的有趣和多元是建立在稳定的生活轨迹之上的。

大多数看起来混得不错的斜杠青年、自由职业，都是在开跑之前做了漫长而充足的准备，一个连温饱都解决不了的年轻人就先解决温饱吧。

2. 利用好下班后的两小时

毕业之后，人最珍贵的是时间。

同样是下班之后的两小时，用来刷朋友圈和看书，长期积累下来的结果自然是云泥之别。不是说不能放松，而是不能一直放松。

这个时代最大的鸿沟叫"信息鸿沟"，我们每天在互联网上接触着同样的热搜、新闻，但每个人看到的东西绝对不一样，视野局限是桎梏我们成长最大的壁垒。

工作是成长也是消耗，固定的职场模式会限制我们的思维。每天抽出两小时来用于学习和独立思考，是我们给自己开的"小灶"。

3. 远离无效社交

时间管理上讲三个原则：第一，叫"日日不断"，重要的事，要每天做，长期做，不轻易停下；第二，叫"时间一定要大块使用"才能集中产出；第三，对时间的使用一定要"铁石心肠"，明知没有价值的事，不要去浪费时间。

我以前会因为不好意思而赴一些不那么心甘情愿的约，现在的原则是时间除了留给好朋友、家人和工作邀约之外，不需要所谓的无效社交了。比起搞什么人脉，我觉得做好自己的事情才是更重要的。

在独处中获得的快乐，往往比假意陪伴更充实。

4. 学会攒钱

这点应该是 20 岁以后就放在首位的，但没办法，在我的价值排序里，"无限拓展生命的可能性"这件事还是更重要一些。

攒钱和理财这点上，我自己做得不够好，我还是"玩"的心性，最近几年开始强制性攒钱，把工资、稿费和一些业余所得分开存储，只花固定份额。国内的理财平台并不缺乏，但还是要合理使用，实在不行，就办一张定期储蓄卡吧，死期的那种。

小声提醒大家，涉及投资方面还是要谨慎，尤其对于存款不太多的小伙伴来说。

5. 定期带父母体检

我们与父母的关系，这一生，要经历多次转化。

小时候是照顾与被照顾，成年以后是相互独立又彼此依赖，再年长一点，就需要我们花费更多的时间、精力去陪伴他们了。

爸爸妈妈年纪大了，身体机能会逐渐衰退，每年定期带父母去医院体检，没有病万事大吉，发现病及时医治，这是最实际的关心。

6. 为自己购置实用保险

正常的公司都会给员工上五险一金，基本的社会保障并不缺乏，但许多疾病、大病可能不在普通的医疗范围之内，也可以单独购买保险。

除此之外，现在的保险类别分得很细了，什么人身意外险、单身险、宠物险，等等。

7. 选择太多等于没有选择

大多数人的焦虑其实不在于没有选择，恰恰是因为选择太多。

留在北上广还是回家乡？去稳定的大平台还是更具挑战空间的创业公司？坚持自己的爱好还是向现实适当妥协？我们永远都处于矛盾之中，这很正常。

我能给出的建议是：

第一，如果你对一件事情感到狂热，非做不可，就去做；

第二，如果你面对未知，犹疑大过冲动，按兵不动，再觅良机，方为上策。

听那么多方法论，不如真枪实弹干一场，选择哪条路并不重要，重要的是，你要相信自己的选择。

8. 付出与得到不成正比，是人生常态

在哈尔滨工业大学的大学生讲坛现场，有小伙伴问我："常常觉得自己的努力与回报不成正比，还要不要坚持下去？"

当然，因为付出与得到不成正比，才是人生的常态。

不要觉得太委屈，你考试前做了100道题，考了80分，觉得没有到达自己的预期，可事实上那个考了90分的人也许做了500道题。

一个大家迟早都要认清的真相：比你优秀的人就是比你更努力。

日本作家中岛敦在《山月记》中写道：我不敢下苦功琢磨自己，怕终于知道自己并非珠玉，然而心中既存着一丝希冀，便又不肯甘心与瓦砾为伍。

那我们能做的是什么呢？

尽人事，也求求天命可以垂怜一下我。

9. 不要浪费时间在不值得的人身上

我这几年来最大的感受就是：不要在不值得的人和事上浪费时间。

我们太容易被自己的执着所感动了，但事实上，耗尽力气去讨好、感化那些不那么珍视你的人，真的没必要。

在年轻些的时候还可以堂而皇之告诉自己，所有痛楚都是礼物，但都这个年纪了，真的不需要再用受伤害这种方式来成长了。

不管你多喜欢这个人，这个人对你不好，就离开他。

请永远记得，自己值得被爱。

10. 我们是大人了，要学会保护爱的人

以前我总觉得做小孩特别好，有人照顾、有人宠，自己只管开开心心就好了；现在的我好像更愿意做个大人了，我想努力工作赚钱，想做出一点点成绩，想有拿得出手的作品，想在我爱的人需要我的时候，及时站在对方身边，告诉对方：我来保护你。

我想要变得强大，不是为了往前冲，而是想要守护住现在所拥有

的一切。

有天夜里，我在二环开往通惠河北路的路上，突然看到窗户上折射出自己的面庞。

那个瞬间，我觉得好陌生，眼角眉梢处是凛冽了还是温柔了我也说不上，就是觉得好像离过去那个没心没肺的自己越来越远了。

四

希望看到这篇文章的你，可以静下心来，问问自己想要的是什么。

其实我们去做很多事情，工作、学习、谈恋爱，都是了解自我的一个过程。

弄清楚要去哪里，该乘坐何种时光机器，能不能借得上东风，这些并非无用之功。

日子越来越忙碌，但不该越来越麻木。

嘿，年轻的勇士！你上战场有段时间了，是时候升级一下装备了！

在三线小城，
除了考公务员还能做什么

为了自己喜欢的人生，我想再努力伸手够一够。

一

前几天我接到一个老同学的电话，因为很多年没有联系了，所以感觉蛮意外的。

印象中，对方还是嘻嘻哈哈的少年模样，袖子随意卷到胳膊肘，穿着宽松校服活跃在下午四点半的篮球场上。

其实，读书的时候我们交集很少。他在电话里和我笑着开玩笑说："那时你是坐在第一排的好学生，我是坐在最后一排经常惹老师生气的捣蛋鬼。"

听到这里，我都笑出了声，真没想到我这样的学渣居然留给老同学的印象是"好学生"的样子。

这位老同学在毕业之后曾来过北京，在某家航空公司实习，最终因为种种原因回到了家乡发展，之后我们的联系就更少了。这次他找我，主要是想聊一下自己的职业规划和目前所遇到的困境。

二

当大家把焦点对准大城市的青年，却往往忽略生活在三线城镇的年轻人。

他们不在社交媒体的发声中央，他们甚至很少作为各大品牌90后、95后的研究对象，既不是"精英群体"，也不属于"新星潮人"，但他们正在经历的苦恼与思考，却是这个时代的鲜活底色。

拿最基本的工作来说，在三线小城，除了考公务员还能干吗？是我想来和大家重点讨论的。

当我们在纠结要不要辞掉那份忙碌的"996"工作时，真实现状是，在三线小城有一些制度不完善的私企，早已把"单休"变成心照不宣的职场定律，基础的五险一金都配备不完善，更别提合理的薪酬体系、晋升制度和员工福利了。

不少小城市固有的几大特质：发展不平衡、人情利益交织、市场本身的低需求，这些都造就了年轻人"就业难"的问题，所以大家只能一股脑扎堆去考公务员。往往在这样被动的环境里，人更容易丧失对自我的清晰认知——我喜欢什么？这份工作对我来说意味着什么？工资、成就感、别人的看法，驱动我工作的这几点哪点占比更大？

林奕含在《房思琪的初恋乐园》里写道：在这个你看我、我看你的社会里，所谓的"正确"不过就是与他人相似而已。

我不觉得"所有人都走的那条路"就是我要走的。但同时，我们要在弄清楚"为什么大家都走那条路"之后，再决定自己要不要走。

1. 考公务员、考事业编制

我上面那段话的意思，不是说考公务员不好，相反，在三线城市，对绝大多数人来说，考公务员绝对是上好的选择。

公务员有两个最核心的竞争优势：

一个是稳定。在我们年轻气盛的时候或许看不上稳定的工作，在年纪大一些之后，会发现它的另一面就是你有充裕的时间分给自己的生活与副业。换句话说，私企是百米冲刺，如果你不能在规定赛程里冲到前面，有时候很容易被淘汰；而公务员更像是一场马拉松，它拼的是耐性、体力，很多人到后面会更加游刃有余。

另一个优势是社会地位与人脉资源。在北上广更多拼的是能力，而对三线城市来说，各行各业，圈子不大，人脉积累其实是最重要的。

虽然互联网上近年来不乏涌现"辞职去北上广"的种种案例，但真实情况是，越来越多的大学生在毕业之后，选择回到小城市或县城工作。公务员的竞争从来都不小，而且大部分热门单位的招人要求都是本科或者研究生学历，有些甚至要求必须是应届生。

除了公务员考试，比较受欢迎的就是考事业单位编制，当老师，或者进当地的医院，这些大体和"考公务员"的走向相同。

我为什么说考试是绝大多数人在三线城市最好的选择，是因为这些地区相对来说，发展空间和机遇较少，而人在相对安逸的氛围里也很难保持持续的热忱和斗志。

那些劝你趁早考公务员的父母，不是不开明，而是太了解孩子们的三分钟热度和真实能力。别忘了，他们也是从年轻的时候过来的。

2. 选择正在不断优化进步的国企

仅次于考试这条路的，就是进国企。我有听过很多小伙伴抱怨说，不想进国企的主要原因是里面的氛围和工作内容过于死板老化，做起来没意思。

不要一棒子打死所有国企哦，如果你仔细观察，就会发现，现在互联网化、新媒体化，已经成为整体的市场趋势，即便是许多国企和看起来很严肃的党政机关，也都在摸索新路子——其实这是你的机会呀。

就拿我比较了解的新媒体行业来说，很多国企，不管是能源行业还是基建集团都有设立创新文化部门，来专门用年轻人的思维探索新模块。你可以列一张表格来统计有设立这样岗位的国企，去对症下药，试一试。文科类和互联网技术类的专业比较占优势。

3. 成为个体创业者

"创业热潮"不只是互联网时代的产物，更是我们这一代年轻人的自我意识觉醒的产物。

在过去，心理学家们一直认为"自尊自强"是积极人生的关键，但人们很快发现，当你对理想变得苛刻，欲求难以满足之后生而为人基本的幸福感大大降低，我们没有变得更成功，但确实没那么快乐了。

心理学上把这种状态称作"条件自尊（contingent self-esteem）"，我们都希望能够获得抚平人心的力量，但事实上，我们大多数人只有通过外面世界的高度认同才能获得所谓的自尊。学生努力是为了获得老师、家长的夸奖；职场卖力是为了让别人觉得你是一个有价值的人。

长久处于这样的文化情境，内耗就会远远大过于成长，许多生活的小细节、不如意，也就容易成为压垮骆驼的最后一根稻草。所以越来越多的年轻人选择自己创业，不全是跟风。

在一线城市听到更多的创业是做"互联网产品"，而在三线城市，创业的领域则是五花八门。

我的个人建议是，尽量多做市场调研，再去创业。

我有个朋友去年在老家投资了一家炸鸡店，因为经营不善，基本上都赔进去了。过于新的东西在三线城市玩不通，完全复制粘贴的模式又没啥竞争力。

所以大家在家乡创业一定要问问自己拿捏得准的是什么，说到底，不管是工作还是创业，拼的还是自己的核心技能。

我有一个创业案例比较可取的朋友，本身她是那种创意十足、天马行空的女孩子，执行力又强，她在老家开了个婚礼策划工作室，经过几年积淀，现在情况还不错。

所以朋友们也可以参考下这条路。自由空间大，不太受局限。前提是你需要有一笔启动资金，以及找到合适的定位，不要抱太大期望。

那句话怎么说来着？十个年轻人，九个在创业；九个创业者，八个……最终可能还是回去上班了。

4. 去给你上"五险一金"的私企

今天和大家主要讨论的是三线小城，如果是类似杭州、成都、长沙、厦门这样的城市，其实不用太发愁，找一找，还是能找到不错的公司，但再往下走，工作机会就没有大城市这么多了。

有些三四线城市的民营企业制度不太完善，加之这些公司本身也极其不稳定，可能还没等你跳槽，公司就倒闭了。

听到这里，是不是觉得比起小城市的私企，身处北上广的公司相对稳定多了？这也是许多人更愿意前往一二线城市发展的主要原因。

用网友的话说：去你心中的一线城市，而不是大家口中的一线城市。

5. 在家中等待时机

在三线小城，有些实在找不到好工作或者不想去找工作的年轻人，家庭条件还不错的，就干脆选择了"家里蹲"。

每个人的生活方式不同，我不在这里妄加评判，我只想说，如果真的能够心安理得一辈子在家中待着，也不错……但这同时意味着"你将永远从属于你的原生家庭"。

毕业工作几年以后，我个人的心理状态发生过几次重大变化。

实话实说，特别累的时候，我想过"为什么自己不是富二代啊"这样的想法。（嘻，谁没想过呢？哈哈哈。）

如果完全不受制于经济压力，我就每年在不同城市旅居，写自己真正喜欢的东西，再也不用考虑写的书有没有人看、有没有人买了，爱谁谁。

但也真的就是想一想，不仅因为"幻想即破灭"，更是因为我还是有那么一点点野心的，在自己所从事的领域企图触及更多新的知识面，还想向这个世界展示我的创意。

我在高考后的那个暑假，曾经在小镇做了一个月的公交车售票员，每次来回跑一趟3路公交车的路线，时间是45分钟，夏日一天下来要接待的客人在350人到500人之间，我还要负责报站点。

那是我很喜欢的工作，因为只是体验生活，毫无经济负担，偶尔遇到好玩的人还会被我杜撰写进小说里。

每天最开心的事，就是中午休息和司机师傅们在南梁的苍蝇馆子里吃八块钱一碗的炒面，我手舞足蹈地说："售票员真是世界上最有意思的工作了，又能数钱又能坐车。"

他们都笑我，说："如果这样的工作，你要做三年、十年、一辈子呢，你还觉得有趣吗？"

我当时被问得哑口无言，摇了摇头。16岁的我，压根儿是活在云端的少女。

我还记得其中一个大叔，脸被日头晒得红通通的，嘴角还挂着焦黄色的油，他缓缓放下碗，对我说："可这样的工作，我们要一直干下去啊！哪有什么好玩儿不好玩儿，还不是为了养家糊口……"

这件事是我那天和自己的老同学打完电话以后突然想起来的，其实和今天的主题没有直接关系，我只是突然觉得有点沉重，因为我们终会走到那样的阶段，要去思量自己所做的每个选择能不能支撑自己的愿景。不论这个愿景是你的个人价值，还是你的家庭、你的亲人。

我和老同学打了一个多小时的电话，聊到后面，从"三线小城的职业话题"变成了讨论"我们这一代人共同的困惑"，结束对话之前，我对他说："很抱歉，没能给你什么有效建议。"

他说："能够有人听我说说话就已经很好了。"然后我们两个人隔着电话笑起来。

人生就是这样吧，焦灼着、踟蹰着、摩挲着，一滴一滴的青春蜜糖砸在时间的烤炉上，发出噼里啪啦的声音。

有些人把它当噪声，而有些人把它视为信号。

三

其实北上广也好，三线小城也罢，都不过是我们在某一个阶段暂时选择的栖身场景。

愿我们每一次的前路未定，都是为了来日的尘埃落定。

万事顺遂的法则：
减少期待，戒掉敏感与自卑 ▶▶

写不下去东西就去看书，看不进书就出去散散步，
不喜欢一个人待着就喊上三五知己，把酒言欢，
厌恶人际漩涡，就回到独处的时光……
暂时做不到的就缓缓，
放松点，没人逼你今天就要给人生一个答案。

一

早前逛网站，发现一个奇特的小组，名为"我又荒废了一天"。

不是什么热门小组，零散聚集着一堆正在"摆烂"的人，在里面记录着各自的日常。大体分为两类，一类是工作感情都不甚顺心，索性选择"躺平"的"摆烂"重症群体；另一类则是觉得无聊，"碰瓷"生活后倒地不起，还会自嘲自娱的年轻人。

前者发帖更多是发泄、吐槽；后者更像是一种脱离现实的

记录者。

印象比较深刻的是一个姐姐讲自己中年创业失败，经历了失业、破产、离婚、找不到合适的工作等一系列生活窘境过后一蹶不振，责任心全无，什么都懒得做，看着存款一天天变少，有一点点焦虑，但觉得日子像温水煮青蛙，最后还是无动于衷地继续消耗时光，"躺平"在出租房内。

她说："我非常厌恶这样的自己，但好像已失去控制自己的能力。"只能继续在这片泥潭里泡着。

我不想在这里大言不惭说什么"被生活打倒就要站起来"的无效安慰。

在我看来，人是需要定期"摆烂"的，尤其是被生活摔了个过肩摔以后，还能指望我们活蹦乱跳立马起身拍拍土伸出两根手指，大喊"耶"吗？

这不现实。

比较好的方式是缓一缓，利用这段"摆烂期"休养生息，彻底放空自己，清清内存，方便来日的重整旗鼓。

只是这个话题之所以能被拿出来讨论，说明在我们的文化语境里，悲伤并不被鼓励，"摆烂"似乎也不是一个成年人体面的选择。

今天我们来深入聊聊"生活不好，只想'摆烂'，我们该怎么办"这个话题。

二

我现在是一名自由职业者，经常会被问到的一个问题是"怎么做到自律的"。

啊？我不自律啊！

说出来挺不好意思的，我从小就是一个为人处世比较懒散的性格，能够支撑我一直写东西的主要原因就是喜欢，忍不住想写，写着写着就成了我的职业。

直到今天，我仍旧是一个时常厌世、什么都不想干的人，我最大的梦想就是可以毫无后顾之忧地虚度光阴。

还有什么比虚度光阴更美好的事情吗？

只不过，为了完成这个终极目标，人只能不断地先达到前置条件，给自己创造一个相对稳定的生活环境。

生存和生活永远是矛盾的，尤其处在20多岁这样一个年纪，我们的日子就像公园里的海盗船，在两个端口之间来回徘徊，大开大合。

有"打鸡血"振臂尖叫的高光时刻，就有荡至低谷、心口的阀门被迫挤压关上的时候，会觉得世事不过尔尔，什么都没意思。

那到底什么是"摆烂"呢？

糟心事就像我们含着的那口痰，如果你对待它的态度是一直让它在嘴巴里原地打转，这种不主动寻求解决办法的办法，就是"摆烂"；相反如果你能意识到它所带来的不舒服，决心寻找一剂消炎药方，或许是在"摆脱"的路上。

当然啦，归根到底，"摆烂"是一种当下的私人生活态度。

一个人的幸福感才是最有说服力的。

如果"摆烂"能让你由衷地感到舒服和放松，没有关系，知行合一，安安心心当一个阶段的"废物"有何不可？

若你是一边焦虑一边"摆烂"，我就建议你直接去努力。

三

某种程度上来说,"摆烂"是年轻人都有的经历。

我自己经常在困顿时期找不到方向时选择停下,抽一到两周的时间,暂时停下手头的工作和规划,整日窝在家里看剧、点外卖、熬夜刷短视频,不化妆,也不与外界任何人打交道,更不去看什么有"营养"的东西。

这个时候可千万别来和我讨论什么马尔克斯、股票基金、新出的电影,我只想沉浸在自己的小世界里彻底放纵。

喝我的"肥宅水"、看我的"肥皂剧",等到身体和精神彻底放松下来,打个"饱嗝",人也一点点复苏过来,对回到正轨不那么排斥了。

每个人对痛苦和焦虑的承受能力不同,有的人越挫越勇,有的人就得先躲起来,找个没人的角落大哭一场,这种"摆烂"的方式听起来好像不是那么"积极主义",但亲测有效。

既然生活以痛吻我,我就先给自己打一针麻药。

但要学会给你的"摆烂"定一个倒计时闹钟,等到麻药劲儿过去,也许还是很疼,起码脑子清醒了过来。

不怕"摆烂",只要你的"摆烂"是有期限的。而这段"摆烂"的日子,可能是有一些时间被浪费了,但我相信它被浪费到了正确的地方。

四

康德在《人类历史起源臆测》中有这么一句话:人发现自己有一种为自己抉择生活方式的能力,而不是像别的动物那样被束缚于唯一的一种生活方式。

我想我们去探讨这个话题本身就是一种意义所在。

现代人的快节奏,不仅体现在快餐文化、速食爱情,更是对年轻人的自愈能力要求极为苛刻,那种失恋三个月还没走出来的情感投稿只会让网友吐槽"丢人"。

"失业就去找工作啊""困难就努力克服啊""没有光,你就点亮自己呗"……这些道理是没错,但大家的"情绪容错率"真的越来越低了。

之前还允许年轻人自嘲,现如今,一律的精致利己,无趣了许多。

我现在倒是蛮喜欢看朋友圈里一些朋友偶尔发的"摆烂"日记,反倒给人一种"活着"的感觉。

现在正苦于"摆烂"的你也别着急,丧失掉的内在驱动力,我们可以慢慢从外界充电,一点一点找补回来。

去楼下的草坪晒晒太阳,不妨加入夕阳下阿姨们的广场舞队伍,去书店和菜市场逛逛……不用考虑太多,就做一些随心所欲的小事,力所能及的小事,最好可以记录下你"摆烂"的日常。

这些文字或影像,都是送给未来的礼物。

也许告别"摆烂",恰恰在于接纳"摆烂"时的自己——学会去接纳一个完整的自己,才是我们最珍贵的财富。

五

我不知道你们有没有这样的感觉,每次在穿越一次"摆烂"期以后,会觉得浑身充满力量。我一直觉得"摆烂"的人一旦努力起来,所向披靡,因为这样的人具备一种弹跳力和松弛感,没有那么强的目的性的时候，人的欲望也会相较常人低许多，我们做起事情来反而更容易出彩。

所以没关系呀！"摆烂"的时候，生活的主动权已然回到了你手里，从0到1，你已经是0了，只要往前走，都是正数。随着阅历的增加，我们看待事物的方式也在不断地发生变化。

我小时候认为"摆烂"是一种很令人不齿的行为，现在会觉得，它是我们普通人最好的一道护身符。在漫长的岁月里，我们坚强的盔甲总会被摘掉，能保护我们的，恰恰是你赤诚的脆弱与适时地按下暂停键的举动。

大不了不玩儿了呗，大不了再开一局嘛。都没什么大不了的，这些变化并不代表着妥协，反而是一种以退为进的平衡力。在这个过程里，我们终究会学会善待自己的痛苦。

碎片化时代，知识泛滥，"真理"遍地，人们"醍醐灌顶"已成常态，这也带来另一个极端，仿佛我们什么都知道，却无力改变眼前的生活。

大家都不想浪费时间了，却忘记时间原本就是用来浪费的。

克拉丽丝·李斯佩克朵写道：我想念我了。我过着不那么隐遁的生活，接了太多的电话，匆忙地生活。我去哪儿了呢？我需要一次精神上的隐退来做回自己。

于是我选择回到生活里，专注阅读和写作，既可与人亲善，又能保持自我。去感受、去体验、去记录。人生海海，我自己才是岸。

松弛一点，去过你当下认为舒服的生活。

二十不怯，三十不疑，四十还有重来的勇气，等到五六十，再远一点儿的花甲之年还能保有少年的热烈与松弛感。这一生随时随地敢任性、敢"摆烂"的人，才叫人羡慕呢！

心态是最好的风水

请兴致勃勃地去"失败"吧，
一个人可能要受很多次伤，才能换来一次高光时刻。
在那模糊的小路上，会有一个清晰明亮的春天等待你。

一

街道上所有的叶子都绿了，绿得不分彼此。

北京的夏，突然降临，我带着一身粗糙的匪气重新闯入真实的生活里。不曾感慨，未存芥蒂。

很庆幸，经历过一趟短途旅行，我再次燃起对生活的乐趣。想和大家分享两个在上海度过的雨夜。

一个是在愚园路阔别友人后，在凌晨时分抵达了外滩，原本该熙熙攘攘的景点，因为倏忽而至的大雨，行人四散而去，对岸每晚站在舞台中心位的东方明珠卸了妆，平静地伫立，仿佛这个光鲜亮丽的"大家长"也会有寂寞的时候。

天空中飘扬的雨花蜂拥而至，外滩竟不知道哪里传来音乐。伴随着音乐鼓点，雨点落进江里，浪花卷起涟漪，面前的水流活了过来，在无人问津的雨夜尽情舒展着它的四肢，愈渐澎湃，借给我这个过路人一些奇妙的生命力。

虽然岸上无人观赏,也无霓虹灯光在旁,但这属于大自然结实的、本能的力量还是震撼到了我。

或许,我们每个人生命中都有一条"黄浦江",有人追求繁华与体面,硬生生活成了给别人观赏的景点。有人步履匆匆,喊着追求理想的热血口号,权当过路,只有极少数的人意识到自己本身也能沸腾。

另一个雨夜,是在上海宜山路的便利店,晚归的我,被雨截住后,进屋点了一杯关东煮取暖。当时手机没电了,好心的店员帮我拿去充电。走了一天的路实在太累,索性我就找了处蹲了下来,静静地放空。

深夜的便利店客人很少,值班的店员在摆放次日的面包、寿司和饮品,他把店里的音乐调大了一些,放的是《达尔文》。

店员轻快地哼着歌,动作麻利,面容温和,有那么一刻,看着面前这个男孩走来走去的身影,我感觉自己仿佛走到了电影片场。

我竟然很想哭,为我们平凡的人生感动。

这几年发生在我身上的潮湿、不幸与苦难,都被那个夜晚治愈了。后来我还在超市里泡了两桶杯面,等雨停后,一路拿回小区,走过的每一步都充满了芬芳。

如果你要问我这两个雨夜,为何让我记忆深刻,答案或许是:我感受到了自由。

二

在喧闹中,你可以选择做一条安静的河流。

在千疮百孔的人世间行走,你不必活成大侠,在拐弯处租间小小杂货铺，也不失为一段有趣的光阴。

当你不再去想"我必须要完成什么任务"，你的人生才能获得真正的自由。

任性如我，不肯接受生活的改造，于是，我在文字的世界里搭建了一个茅草棚，供往的人歇息。守着旧日的灵魂，迎接新鲜的故事。

在与生活无数个短兵相接的瞬间里，我知道了，爱不是港湾，阅读也不是避难所，外界的一切都是使我们获得"理解这世界"的通道之一。

下午我的写作私教学员林夕对我说，她打算休学，gap 一段时光。

我说："每个人都有探索的权利。"

如果是几年前，我大概会和大多数人一样，觉得 985 大学研究生这么好的履历，应当赶紧毕业出来找个"好工作"要紧。但什么是好工作，什么又算浪费青春？

能够在人生里去做一些具体的事情，我想，这比什么都珍贵。

我们大概还会工作三十年、四十年之久，这半年的探索，没有什么不可以。她有她自己的打算，做好风险规避后，大胆去做。

古希腊历史学家修昔底德说：幸福的秘密是自由，自由的秘密是勇气。

当你全情投入涂鸦时，整个生命都是你的画板；当你把自己框在一个社会标准里，你只能活成一幅"黑板报"。

三

小小在三亚出差，问我要带什么回来，我开玩笑说："带容光焕发的你来见我。"

作为身边比较典型的"事业型"女孩，我们算是见证彼此一路成长的朋友——我们的野心都是能够好好做自己，和物质没关系，和在哪儿没关系，却和身为一个人的个体价值有关系。这点我从不否认。

利他的本质是利己——我做的所有事情，本质上，首先是为了让自己开心，自己满足，自己享受其中。

我的内心时不时会冒出个声音：啊，我来人间这么一趟，不能白来吧！

在我看来：一个人的事业其实不指工作，一个人真正的事业是人生，是我们全部的劳动、情感、价值的使命总和。有人的事业是"赚钱买房"，有人的事业是"照顾好自己的家庭"，有人的事业是"希望能帮助到更多人"，有人的事业是"谈一场淋漓尽致的恋爱"，有人的事业是"得写出点牛的东西来"……只要能够让自己开心的、觉得有意义的，都是值得为之奋斗的事业。

对我来说，我的事业就是做自己喜欢的事情。不设限，不躲避，不惧怕一无所成。我好像是越长大越舒展的，20岁出头时的青涩、可爱、莽撞、自命不凡和自卑都是同时存在的，那时的我也很好，想要获得别人的认可而努力地变好；现在，我不太在意别人的眼光了，穿衣舒适就行，工作干就完了，人际关系全靠缘分，现在的"好"是"我开心就好"。

忠于自己的感受，记住这点。一段感情让你陷入自我怀疑，就不要死磕；若身边的人和环境，无法提供给你过多养分，还会从你身上剥夺自由空间和情绪价值，不如换个视角来相处。

这样说，不是纯纯的利己主义，而是当你已经不快乐、不舒服的情况下，对方也一定很"煎熬"。

我希望自己大家可以省下能量，用在自己喜欢的人和事上。

心态是最好的风水。在一团乱麻的生活里，如果你能对出现在身边的每件事一视同仁地认真，相信我，你会成功；在一团乱麻的生活里，如果你能做到在自己喜欢的领域一意孤行，就算不成功，你也会快乐。

四

前段时间我见了老朋友七天和紫健。

走在五道营胡同里，两侧是露天的咖啡馆和林立的网红店、不认生的小猫、散摊上卖的北冰洋，远处是雍和宫琉璃砖瓦砌成的屋顶廊檐，仔细听脚下有五号线轰隆隆的地铁呼啸而过的声音。我们就那样，漫无目的地穿过胡同。

七天说："感觉你这两年经历了好多。"平日在网络上大家难有机会畅聊，和老友见面，终于可以无所顾忌地触碰彼此的柔软与疼痛。我如实讲了自己这几年经历的低谷。

"其实我挺感谢这些糟心事的，不然，我可能不会意识到自己有坚硬的一面。"从那个渴望被爱、被照顾、活在真空理想中的女孩到"我好像能逐渐去保护别人了"的状态，这个过程虽然残酷，但我并不生疏。

我从职场中裸辞出来以后，经历过很长一段时间的迷茫期，而在那段无人问津的时光，又碰上家里出了变故，巨大的经济压力和精神拉扯让我整宿整宿地失眠。时而陷入自我怀疑，时而觉得上天不公，几乎没有办法集中注意力到眼前具体的生活。尤其是当我发现自己身后毫无退路，只能硬着头皮迎上这些风雨以及必须要做个"大人"的时候。

在压力极大的日子里，有天早上醒来我照镜子，突然发现自己长了不少白头发，它们突兀且狡黠地出现在镜子中，好像逼着我一夜长大。

后来的日子我逐渐从纠结"为什么"到完完全全投入眼前的工作，

努力赚钱，努力帮家人渡过难关，然后在一片迷茫中摸索着全职写作的新生活，一步步走到现在。

成熟的标志，不是有钱，不是有高情商，而是一个人拥有了解决问题的能力。处变不惊，对年轻人来说，是太过冠冕堂皇的要求。面对生活中的变化和琐碎，我们要提升的是自己的应变力、适应力，要能做到面对不如意时，仍不停下步履。

过去每当觉得烦琐和失望时，我就会停下来，但这几年的我，遇到很多卡住的点，都耐着性子一点点解决了。现在很少有东西能击垮我了。其实我一点儿都不强大，还很脆弱、感性，是个爱哭鬼，但恰恰是我完整接受了自己原本的模样，因而幸运地获得了一些世人觉得无用却又甘之如饴称之为"爱"的东西。不只是爱情，是更为广阔、绵密而充满弹性的爱，给我的人生夯实了基底，让我飘零的灵魂非如身处空中楼阁般虚幻。

你给予，于是得到；你承担，于是点燃；你不再计较，于是快乐便变得简单。

如果生活叫我忍耐，我愿投之以慷慨，甚至是落入生活的陷阱，奋力自救时，也不忘浇灌出花朵。

你要受很多次伤，才能换得一瞬的人生高光。

送七天到回杭州的高铁站前，我们两人相视而笑，紧紧拥抱了对方。

真好啊！在披荆斩棘的路上，另一片森林里，亦有同频战斗的屠龙少女。

五

尽管我们谁也不知道别人正在经历什么，但我越来越觉得，成长是件迷人的事情，活得快乐的秘诀是：我们不需要要求什么年龄活成什么样子。

人生其实没有必选项，没有什么事是非做到不可的，没有什么终点是非抵达不可的。

10岁时，我们考砸的那张卷子，不会影响20多岁的你生龙活虎地在盛夏音乐节跳舞；

20多岁深陷一段不健康的恋爱，让你醉酒后哭着说"离开你我就活不下去"的那个人，可能30多岁时想起他的面容都是模糊的；

35岁遭遇职场危机被裁掉的你，十年后回看当下，不会想到你人生的高光时刻才刚刚开始。

你的每一个明天都是由今天决定的。当我们用一个更长远的视角去看事情，同样一件事，它的意义完全不同。

拜托，人生哪有什么标准答案，别被社会体系里那些虚假的"教导主任"骗了！

我们不用成为社会剧本中的完美演员，而要忠于内心感受，去尽情书写自己的人生之书。

我们以为虚无的，恰恰是真实的；我们觉得重要的，恰恰如浮尘般微不足道。

"情感内耗"常常来源于期待落空。事实上，大部分人常常把人生价值本末倒置。想要做成一件事，不是因为"我一定要做到而努力"，而是当我"投入并满足于此刻'喜欢'的本身"，宇宙才能正确接收你的信号。

活在当下，是对未来最好的规划。

如果此刻的你，正在对人生感到很迷茫，不妨就忘记所有选项，去创造一个新的答案吧。

愿你做快乐的美猴王，而非耀眼的齐天大圣 ▶▶ ▶

有闻岁月可摆渡，
但愿少年心如故。

一

六月初有两个很重要的日子：一个是儿童节，一个是高考。

这两个都离我很遥远了，但我仍觉自己的一部分灵魂怒放在盛夏时节。

因为写作，得以无数次和年少的自己相遇。

在凌晨，飞机落地，一个人拖着箱子，裹紧外衣，走过长长的天桥找到网约车司机，看着车窗里那个满脸疲惫的女孩，不由想起18岁的自己，在数学课上戴着耳机，望着窗外屋顶上光影雀跃的白云与白鸽，曾那样向往离开家乡后的生活。

很久以后，在深夜和好友聊起青春里的爱恋，我们哈哈大笑，又眼眶湿润，和爱不爱早就没关系啦，只是感慨作为疲惫的成年人还能有珍贵的回忆的权利……那些充满傻气的旧时片段像夜市上融化掉的冰激凌，甜腻、芬芳，被赶路的人几脚踩过，只留下一地难堪的斑驳。

每年高考前，我都忍不住坐上文字的时光机，回到过去——那是最热烈又最荒唐的几年。

高考结束后，我和所有同学一样热衷于追求"疯狂的事"：在KTV通宵唱歌，第一次喝酒，去做了一头名曰"小说女主栗子色"实则一头黄毛的卷发，和关系好的几个女孩穿着洁白婚纱拍了一组女性纪念照，拿500块的经费坐着大巴车去省会来了一趟短途旅行……

我们一行人在小镇的杜尔伯特广场上抱头痛哭。点燃了孔明灯，大家眼睛是红的，脸也是红的，约定着毕业以后要去对方的城市，无论多远，山高水长，都要去见对方。

事实上，现在很多人即便住在对面的小区，一年聚会的次数也寥寥无几。

我们曾在那个夏天用力过猛地认为，生活一定会按照我们的计划，火辣辣地前行，谁又能想到未来的光景里，迎面而来的会是一盆又一盆现实的冷水。

因为少年们的期待太高，所以注定失望。

墙阴暗老，岁月迢迢。

我写这篇文章的时候，并不觉得抱憾。

恰恰相反，正因人生没有朝着我们预估的方向走，才有意思啊。我们不能因为长大后的事与愿违，就否定18岁的自己许下的愿望。

二

这段时间有两件小事特别打动我。

一个是前段时间，在上海交通大学分享会结束之后，我坐在门口的位置签名,听到两个男生的对话,一个问:"你这衣服很好看,从哪儿搞的?"另一个男孩腼腆笑笑:"我啊,为这场分享会特意偷偷租了一身西服。"

回答问题的这个男孩,是负责这场分享会的主持人,干干净净的少年,说话铿锵有力,非常专业和用心的开场白,当时惊艳了我。我还以为他是专业主持人,直到后面才知道,他大一,读工科专业,业余喜欢阅读和播音主持。在策划这场分享会的过程中,他极其用心,为了给现场带来更专业的效果,自己掏钱,租了一身崭新的西装。

我听到他说那句话的时候,再抬头,感觉他在发光。

我想到自己大二那年,人生中第一次去北京做采访时也是这样,一个人偷偷准备了很久。第一次化妆,第一次独自订酒店,第一次密密麻麻写下整个本子的"嘉宾资料",第一次对着水房的镜子不停地练习采访开场白,还跟舍友借了一个大容量的包,用于背相机和换洗衣物。当我做足准备出现在北五环那个艺术家的工作室时,一个年近花甲的画家前辈,面对初出茅庐的我,抛来了"这孩子很用心啊"的眼神肯定。

我知道,也许那对别人来说非常平凡的一天,我却无比郑重地对待,就像这个少年为我的新书分享会去特意租一身正装一样。

青春的装点,亦是成长的起点。也许很久以后我们会忘记彼此的模样,但永远不会忘记,在这个普普通通的下午,他勇敢迈出了新旅程的第一步。

三

另一件值得分享的小事,是我见到了暖暖。

在那个热到空气黏稠的下午，她带了一束向日葵和礼物从无锡赶到上海。我走进会场，一下子就认出了她的背影，尽管在那之前，我从未见过她的任何照片，完全是凭直觉。

我们第一次"相遇"是在七年前的一个夜晚，我在公众号的后台收到一条消息：晓雨，我买房了，靠自己的能力，在无锡这个城市终于安家了。我有了一个属于自己的家，这个好消息，第一个想要分享的人就是你。

从那天之后，我们在公众号的后台开始了断断续续的书信往来，淡淡的，和煦的——在我失落时、在我焦虑到失眠时、在我签约新书按捺不住地雀跃时、在我每翻越一座小山丘时，她都在那头轻盈地接住了我。

我很难形容这是一种什么感情，它比世上任何一种感情都来得真实，素未谋面的那些年，我们却时常互诉衷肠。

身为一个写作者，我大概是幸运的，虽然目前还没闯出什么名堂，但我有一个始终站在我身后，理解我、支持我、注视着我的人。她人如其名，暖暖。

前几天我看到她写给我的一篇长文，犹豫再三，没有转到朋友圈。因为她写得太好了，好到我看一次，就忍不住哭一次。

过去一年里我听到很多声音，随着职业转型和开拓越来越多的商业化项目，我感觉，我的人生就像上了发条一样，仿佛我必须时时刻刻保持高能量，才能不落入成长的陷阱。

那篇文章的最后，她写道，在我的新书分享会现场，她看到低头签名的我，头顶几根白发十分醒目，她就突然懂了我这几年都经历了什么。

那天分开之前，我们最后拥抱了一次，她对我说："晓雨，别的都不重要，只要你健康、开心，比什么都重要。我会一直在你身边，十年、二十年，甚至更久。"

就像她曾送我的一幅人像拼图上写的那样：相见不晚，欢如平生。

四

我最近睡前喜欢看《西游记》，有时做梦都梦见真假美猴王。

感觉每个人一过 18 岁，或者一旦步入社会，就好像灵魂会被"另外一个自己"给占领了般。有人说，就像取经路上后面被规训得不再调皮捣蛋的孙悟空，很有可能是被六耳猕猴所取代了……

不知道是不是人长大了，再看从前的作品都会觉得变味儿。

我现在觉得《西游记》彻头彻尾就是一部悲剧，可以说，孙悟空"生而为猴"最纯粹的快乐，在拿下西天取经这个项目的 offer 时，他就不再是花果山水帘洞里那个能肆意妄为的美猴王了，从此他是被戴上紧箍的齐天大圣，虽然体面，却不自由。唐僧变成了他的直属领导，饿了渴了，都喊他来加班。

某种程度上来说，整部《西游记》就是一个人的自由意志被消磨的过程。

那个意气风发的少年，在成佛的道路上，一点点被抽丝剥茧、剔除傲骨，当他成为斗战胜佛的那一天，他已不再属于自己。

我看到互联网上有一个新的说法很有意思："对于唐僧来说，要取得真经成为佛，八十一难是他的劫数；而对于孙悟空来说，唐僧才是他的劫数。"

他凭借一身本领，寻常妖精压根儿不是他的对手，而人性的那些扭捏却是他从不曾经历也不屑参与的，作为"老板"的唐僧的猜忌、不信任、优柔寡断和时不时"甩锅"一直在反复考验折磨孙悟空的价值观。

他原本可以按照自己喜欢的方式去拒绝、去爆发，选择另一条路——躲在自己的一亩三分地里，不参与任何斗争。

但事实上，的确很难。就像孙悟空无法逃脱三界强行赋予他的使命感，就像我们活在这个大的社会体系中，没有办法完全离群索居，也没有办法完全跳出"内卷"。我们所有人都和孙悟空一样被迫进入到这个"取经"和"成佛"的路上，这就是成长的代价和这世界的真相。

所以，我想给所有年轻人的一个祝福：

愿你永远都能做那个快乐的美猴王，而非耀眼的齐天大圣。

我希望你是自由的、坦率的、勇敢的；你是明亮的、炙热的、敢于抗争的。

这世界的问题越复杂，答案就越简单。

你不必担心自己未来是否会在取经路上被戴上紧箍，也不必害怕成为自己"不喜欢的样子"，只要你此刻记得并感受当下的快乐，就够了。

如果我们和自己的"少年时代"终有一别，请你不要悲伤，去爱、去写、去创造吧！好吗？

（全文完）

图书在版编目（CIP）数据

允许自己枯萎几天,而后长出新芽 / 闫晓雨著.
武汉：长江出版社，2025.1. -- ISBN 978-7-5492-9857-0

Ⅰ.I267

中国国家版本馆CIP数据核字第2024D17071号

允许自己枯萎几天，而后长出新芽 / 闫晓雨 著
YUNXU ZIJI KUWEI JITIAN,ERHOU ZHANGCHU XINYA

出　　版	长江出版社
	（武汉市解放大道1863号　邮政编码：430010）
策　　划	Miss阿朱　靳　丽
市场发行	长江出版社发行部
网　　址	http://www.cjpress.cn
责任编辑	李剑月
特约编辑	靳　丽　梨　锦　江颜颜
封面设计	羊羊得意设计工作室
封面绘制	陈艺葱
印　　刷	三河市嘉科万达彩色印刷有限公司
版　　次	2025年1月第1版
印　　次	2025年1月第1次印刷
开　　本	880mm×1230mm 1/32
印　　张	7
字　　数	177千字
书　　号	ISBN 978-7-5492-9857-0
定　　价	48.80元

版权所有，翻版必究。如有质量问题，请联系本社退换。
电话：027-82926557（总编室）　027-82926806（市场营销部）